春の嵐

間瀬光彦
Mase Mitsuhiko

作品社

春の嵐

一

ウメノは、思案していた。

いったい、だれだ、こんな悪さをするのは、いらんことするのは。

だれが、頼んだというだ？

おらは、そんなこと、頼んだ覚えはないぞ。

棚田の畦道に座りこんで、一服している時だった。

畦の草だけでも鍬で削っておかにゃ、と思って、早朝から盆作りへ来て、仕事をしていた。

煙管の吸い殻を鍬の柄でポンとだし、手のひらに器用にころがして、新しくつめた煙草に火をうつした。

そうだ、あの時、弥平の奴が来た。

なんでも、知り合いの娘で器量よしがいるから、どうだ、と言ってきた。

なんで、弥平のような奴が、おら方の息子に、そんな話をもってこなくちゃなんねえだ。口ばかり達者で、仲人口でもうけようって魂胆だ。

おら、弥平は、ど好かん。あいつは、銭儲けしか考えとらん。狐のような奴で、それとも狸か、ええい、どっちでもええ、賤しい奴じゃ。

それで、大渕の旦那に弥平の奴、うまく売りこんで、旦那から話がきた。旦那じゃ、こっちが断れんこと、弥平の奴、よう知っとるんじゃ。好かん奴じゃ。

そうだよ、大渕の旦那だよ、旦那がきたんじゃ、おらも呑まにゃなんねえ。そうだよ、そうだよ、大渕の旦那だったよ。

それで、しかたなく、おら、決めたんじゃ。

なんで、こんなこと、忘れとったんじゃ。

どうせ、仲人口なんぞ、いい加減で、信用できん。

そういえば、ろくすっぽ、聞きもせなんだなあ。

それで、しかたなく、おらが決めた。

弥平の話じゃあ、大渕の旦那の紹介だし、向こうの親も結構小金を貯めとるで、娘が嫁入り道具をたんともってくるっちゅうことだった。

おら、正直、それを見込んどったが、弥平の奴め、嘘つき野郎。そりゃあ、仲人口だから、話半分ってこたあ、おらだってわかっとるが、何にもなかった。先に届いたなあ、長持ち一つだけ。絣の着物みたいのが二、三枚と、あとは、洋服だか、なんだか。なんちゅうこった。

それだけでも、嫁が憎くなったぞ。

ウメノは、立ちあがって、伸びをし、畦の草を削り始めた。

まだまだ、昼餉《ひるげ》まで、一仕事せねばならん。

「へ、深雪ねえ」

と、ウメノは、下の田に唾を吐いた。


俊の家は、貧しかった。

急な山坂を登った棚田と、山の中腹の痩せた畑しかなかった。

俊の本名は俊太郎だが、村の衆はみな俊《しゅん》と呼んだ。

俊が尋常高等小学校へ入るころ、父親の俊吉が死んだ。

大酒を呑んだが、よく働く男だった。

母一人子一人となった俊は、休みの日はもちろん、学校へ行く前も、帰ってからも働いた。

学校は六年までで、高等科へは行かなかった。

とにかく田を作り、畑を耕して、食っていかなくてはならなかった。

小さい時から働いてきた俊は、筋肉質の頑健な若者に育った。


親の決めた嫁取りだった。俊も、おっ母さんの気に入った嫁ならいい、としか考えていなかった。

俊は、祝言の日に初めて深雪を見て、感動した。

こんなにいい娘が、こんなに貧乏な家の、俺の嫁になってもいいのか、とまで思った。

地味な着物姿の深雪は、小柄でほっそりしていたが、胸が豊かで、色が抜けるように白く、若さに弾んで、なにより清楚だった。

深雪も、俊を一目見て、恥ずかしそうにうつむいた。うれしそうだった。

いやじゃなさそうだ、と俊は思い、胸をなでおろした。

俊が十九歳、深雪は十七歳だった。

祝言は、ひっそりとおこなわれた。

伍長（五人組組長）の丸兄とおコソ姉夫婦が仲人をつとめ、登兄が神官代の祝詞《のりと》を申《まお》した。深雪の両親と学校同級生の靖夫、組の衆が三、四人きて、二級酒に、酒の肴は、俊が川でとってきた天魚《あめのお》（ヤマメ、アマゴ）の串刺しを囲炉裏で燻したもの、自家製のこんにゃく豆腐や黒豆、するめなどが、剝げた高膳《たかぜん》に並んだ。飯は、村のしきたりどおり、銀シャリを赤い木の椀にてんこ盛りにして、ふるまった。

丸兄が、へたくそな「高砂やー」を唸った。酒乱の富雄が、いつものように、グダグダ言いだしたので、祝言はお開きになった。

深雪の両親は、夕方のバスで帰った。

俊が、小さな仏壇にローソクと線香をあげ、亡き父親に、結婚の報告をした。深雪も、続いて手を合わせ、祈った。

その晩、激しい雨が降りだし、生暖かい強風が吹いた。

春の嵐だ。

夜半、嵐は谷を吹き荒れた。

雨戸も障子も、がたがた音をたてた。嵐にもまれ、今にも家が壊れるのではないかと思われた。

吹きつのる雨風の鞭打つような音、何か壊れた音、ごーっと魔物のように通りすぎる風の塊、奥行きのない小さな家がみしみしと揺らぐ中、板戸の中の狭く、真っ暗な寝所で、深雪は怯えた。

俺がいるから、心配するな、と、俊がささやいた。

朝、夜明けとともに、陽が射して、雨戸のすきまから細い光が洩れた。風の音も消えた。

深雪は、恥ずかしそうに、微笑んだ。

日が高くなったころ、ふたりが起きると、母親のウメノがふてくされて、ものも言わなかった。

百姓の嫁が、最初の日から朝寝とは、なんということじゃ、ということらしい。暗いうちから起きるのが、嫁の勤めじゃ。

俊は、深雪の背をそっと撫で、「心配するな」と、目で合図した。

深雪は、囲炉裏のそばに座りこんでいるウメノの前に行き、

「不束者《ふつつかもの》だけんど、どうか、よろしゅうお願い申します」

と、かしこまって両手をそろえ、頭をさげた。

返事はなかった。そしらぬふりで、そっぽを向き、煙管の煙草を吸っていた。

深雪は、その岩のような冷たさに、震えた。

春でも、囲炉裏には、榾火《ほだび》があった。

土間に立って、正面をヨコザといい、家長の俊が座る。左がカカザ、母親のウメノの席、右は客座といって、客のほか、身内の者が座った。嫁は、もちろん、手前の下座だ。

ヨコザは、空いていても、家長や長男以外、だれも座ってはならない。

昔から、そういう決まりだった。

里も同じ、と、深雪が言った。

しかし、とにかく、まず朝飯をつくらねば、と、土間におりた。俊に聞き、井戸で水をくんで茶碗を洗い、米をとぎ、狭い台所のかまどに釜をかけた。裏の猫の額のような畑から、菜っ葉をとってきて、味噌汁をつくった。

「これが、深雪の膳箱だ」

俊が言った。

真新しい膳箱が用意してあった。

蓋を取り、表裏をひっくり返して箱の上に置くと、縁のついた高膳となる。

箱の中に、自分のご飯茶碗や味噌汁椀、皿、箸などを入れて置くのだ。

遅い朝食後、深雪は、俊に連れられて、組の衆の家をまわり、挨拶をした。手土産に、自分で縫った刺繍入りの小さな手提げを持って行った。

みな、いい嫁さんだ、と、言った。

口々に、「きれいだねえ」と、目を見張った。

お春姉など、

「俊には、もったいない」

とまで言って、褒めた。

そんな、と、深雪ははにかんだ。

小さな手提げを、女衆は喜んだ。

早速、仲人だったおコソ姉が、山菜採りに誘ってくれた。

数日後、朝早く山に入り、わらび、ぜんまい、つくしなどを採った。山菜のあるところをよく知っていて、おもしろいほど、たくさん採れた。

「蕗《ふき》の薹《とう》は、もう時期が過ぎとるけど、な」

と、おコソ姉は言った。

わらびやぜんまいは、味噌汁に入れたり、蒸しておかずにした。残りは、干して保存した。

つくしんぼうの和《あ》えたものは、じつにうまかった。

これは、俊の好物だった。

白山神社に、ふたりでお詣りした。

鳥居の先から、急な階段を登った。

両側に杉の巨木が、数本、聳えたっている。

小さな神社だが、荘厳な神域を感じさせた。

階段を登りきると、濃紅色の花をつけた古木が一本、境内の片隅に、枝を広げていた。

「この木、すごい。何て木なの？」

と、深雪が聞いた。

「これが、花の木だよ。

滅多にない木で、山深いところにしか、自生しとらん。このあたりだけだ。楓の一種で、秋の紅葉は、すごくきれいだよ」

大渕へ、挨拶に行った。

深雪を一目見て、

「まあ、きれい」

と、花子姉さんが言った。

旦那も、うん、うんとうなずいている。

「心のこもったお土産ねえ」

と、手縫いの手提げを喜んでくれた。


俊の生まれ育った村、知生《ちしょう》は、海抜五〇〇から一四〇〇メートルの山々が、累々と連なる地方の深い谷にあった。

一本の蛇行する川、知生川に沿い、約一里（約四キロメートル）にわたって、家々が点在する。

大小の支流が流れこむ。

細長い谷の側面は、急峻な山となっており、この地方の特産である杉や桧の林が、山を埋めている。

尾根には、赤松の林が見え、風の強い日、松籟《しょうらい》が聞こえることもあった。

谷の広がったあたりに、家が集まり、田畑があった。

こんな狭い場所にも、と思われる川辺にも、支流のあちこちにも、家や田畑があった。

北に、独立峰のように聳えるのが、風越山《かざごしやま》だ。

海抜八六〇メートルほどだが、頂上は丸く、山容は、穏やかだ。この谷に住む衆には、朝に夕に仰ぎ見る、故郷の山だった。

どの家からも、川の音が聞こえた。

俺たちは、この川の音を、子守唄に育った。

夏は、川風が涼しく、冬は、風越山颪《おろし》がきつい。

雪は、一尺（約三〇センチメートル）ぐらいは、降り積もる。

谷に沿って、伊那街道が通っていた。

江戸の昔、北から南から、日に六〇駄もの馬が、往来した。

中馬《ちゅうま》という。

菅笠《すげがさ》をかぶり、法被《はっぴ》に手甲《てっこう》、腹掛け、紺股引《こんももひき》をはき、紺地に白い筋入りの粋な風合羽を羽織った馬士《ばし》たちが、二頭、三頭の馬を追って、谷を通っていった。

信州からは東海道筋へ、酒、たばこ、柿、紙、漢方薬原料、白木の木地椀、草鞋《わらじ》、筵などの荷が下りてきた。

また、東海道筋から信州方面には、茶、塩、磯もの（魚）、みかん、太物（綿、麻）、古手（古着）、藍玉（染料）などを担った馬の列が、長く続いた。

山また山の険しい峠を越え、谷をたどる狭くて難儀な道だったが、明治になって、馬車道が開通するまで、重要な街道だった。

毎朝、ふたりは、飯対《めんつい》（本体と蓋両方に二食分の飯をつめる薄板、長円形の弁当箱）に麦飯や稗飯《ひえめし》、時には芋飯をつめ、たくわんをいれた弁当と飲み水をいれる竹筒を、背負板《しょいた》にぶらさげて、家を出た。

深雪は、姉さんかぶりが、よく似合った。

盆作りの棚田は、家から急な坂を半道（一里の半分、約二キロメートル）ほど登った山の中にあった。

山路のあちこちで、鶯が鳴いた。途中、山桜が二、三本あって、今を盛りと咲いていた。

春、村の田仕事は、もう、始まっていた。

棚田は、およそ二〇〇もあり、最上段から底の田まで、高低差は相当なものだ。雨の少ない年も、変わらず、一本の清冽な流れが、すべての棚田を潤していた。

俊の家の棚田は、林に面した、一番上の奥まった場所で、盥《たらい》か五右衛門風呂ぐらいのものから、ひょうたん型のひょろ長いものまで、大小二四枚である。

全部で一反《たん》五畝《せ》（約一・五アール）あったが、海抜が高く水が冷たいので、村の田で反当たり八俵のところ、半分の反当り四俵、全部で六俵の米しか穫れなかった。

田の一面に、蓮華《れんげ》草が咲き、可憐な花が風にそよいでいる。

昔から、田に根付いて、緑肥としてきたが、毎年、さらに種を播いて補強する。

棚を形作る石垣も、三尺（約一メートル）から、一間（約一・八メートル）にもなる高さがあった。

農具は、杉の皮をはった屋根だけの小屋掛けにおいてある。

真っ先に、谷川から引いた水路を、たどって点検する。

そのあと、何日もかけて、面積の割には長い畦を塗り、備中鍬で田をおこした。

さらに、水を入れて、冬のあいだに凍ったり、ゆるんだりした田から水が漏れないか、石垣にも穴があいていないか、見てまわる。

もし、田の中に水漏れ箇所が見つかると、大事《おおごと》だ。田植をしても、水が流れ出て、苗がすべて枯れてしまうからだ。

水漏れ箇所を確かめ、川原の石や砂利、粘土質の土を谷から担ぎ上げなくてはならない。穴に石を詰め、砂利や土でしっかり打ち固めて、流れを止めるのだ。並大抵の労力ではない。

幸い、今年は田に穴は空いていなかった。石垣も大丈夫だ。俊たちは、ほっとした。

水を張って土をこなし、木のならし板で、代を掻いた。

よくこんな貧乏な家にきてくれたな、と、俊が言うと、わたしんとこだって、貧乏な百姓家だから、よその子の子守りもしたし、家の百姓も、小さい時からしとった。

「そんなこと、気にせんでいいよ」と、言った。

深雪も仕事に慣れていたので、俊を助けてよく働いた。

田植の日は、雨になった。朝から白い雨が斜めに降っていたが、ふたりは蓑笠《みのかさ》つけて、坂を登ってきた。

田の片隅につくられた苗代から苗をとり、腰をかがめて、田植をした。

田植が終わったころ、俊が、石楠花《しゃくなげ》の花を二輪、採ってきて、深雪に渡した。

深雪は、竹筒に水を入れて挿し、柱にぶら下げた。

「形もおもしろいけど、紅紫の色が、なんとも言えん、いい色ねえ」

と、言った。

あたりの町や村にまだ電気が通じていない昭和十年ごろに、知生では独自の発電所を作った。

水量の豊富なウズマキ川の小滝から水をとり、木枠の水路を約五〇〇メートル延ばして、水力タービンの入った小屋のところで落下させて、電気を起こす。

一〇馬力、出力は七五〇キロワットだった。

電気に明るい弥三郎さが大将で、保守点検は、当番の衆が受けもった。

通常は、谷の集落全戸にやや暗めだが、新聞の読めるぐらいの明かりを供給していた。

電気製品も、村中で大渕の旦那の家に、真空管ラジオが一台あるだけだった。

俊の家からも、北に風越山が見える。

朝、顔を洗うとき、

「風越山は、わたしらの富士山。山の上から日が当たる」

と、深雪が言った。

俊は、歌の文句みたいなことを言うなあ、と思った。

一番草と呼ばれる、最初の田の草取りに盆作りに登ってくると、棚田は、にぎやかに蛙が鳴いていた。

陽が射して、さわやかな風が吹いている。

「あの岩、おもしろいねえ」

と、深雪が岩を指さした。

比較的大きなひょうたん（と呼ばれている田）の中に、大小二つの岩が突きでていた。形も違う。まるで、島のようだ。

俊も、稲の葉が伸び始めた青田に、どっしり浮かぶ岩を眺めた。なるほど、いいなあ、なんだか、わからんけど。

今まで、気にもしていなかった。こんなことに気がつく深雪に、感心した。

ウメノは、夫が死んでから、幼い俊を必死に育ててきた。

後家とみると、妙なちょっかいを出してくる男もいたが、剣もほろろに追っ払った。

村では、昔から後家が生きていくのは、大変だった。貧乏であれば、なおさらだ。第一、働き手を失って、食うすべがなくなる。こどもがいれば、なんとしても、こどもを育てなくてはならない。

そこを、男どもが狙い、夜、一杯ひっかけて、戸を叩く。

露骨な話をもちかける。端した金を、餌にする手合いもいる。

男のいない弱みに付けこんで、畑や山の境を、一尺でも、五寸でも、喰いこませようとする。境の石を、動かしておいて、素知らぬ顔をする輩もいる。

盆作りの奥にある、わずかな草刈り場の境の石が、いつの間にか、動かされていて、ウメノは、隣りの山の持ち主佐平の家に、怒鳴りこんだ。

「亭主が、おらんと思って、勝手な真似は、させせんぞ」

「なんかの間違いじゃねえか。……石がずれただけじゃねえか、そう怒って、人の家に押しかけるようなことじゃあ、ねえぞ」

と、佐平はにやにやしながら、うそぶいた。

「ウメノさは、気が強い」とか、「依怙地《えこじ》だ」「いや、それだけじゃない。性根《しょうね》が悪い」などと、人は噂した。なかには、面と向かって絡んでくる酔いどれもいた。

そのように、一人で精いっぱい息子を育ててきたのに、嫁にとられた気がして、ウメノは、寂しかった。嫁がきたときから、気に入らなかった。そのうえ、俊が見た目、小ぎれいな嫁に誑《たぶら》かされて、夢中になっている様子に余計に腹が立ち、深雪を憎んだ。

しかし、深雪は素直で、ウメノの言うことをよく聞く。家事や百姓仕事も呑みこみが早く、こまめに働くので、相変わらずふくれっ面ながら、文句は言わなくなった。

俊は、そのことで内心安心し、田や畑の仕事に精をだした。

いつも、ふたりが仲よく出かけるのを見て、組の衆はもちろん、大渕の旦那まで嫁さんを褒めた。

「いい嫁さんがきて、よかったノウ、きれいだから、俊さも可愛くてしょうがないようだ、の。ウメ姉さんも、安心したことだねえ」と、鍋屋のばあさんが言った。

「まあ、ねえ」

と、ウメノは曖昧に答えた。

夜は、夜業《よなべ》に藁をたたいて草履《ぞうり》を作り、縄をなった。深雪は、石臼で大豆を挽いて豆腐をつくった。

いつものように、夜明け前から盆作りへふたりは登ってきて、棚田の奥の草刈り場で、堆肥用の草を刈っていた。

昼下がりだった。

俊が、深雪の横顔を見ていると、

「そんなに見ないで」

と言った。声が艶っぽい。顔が染まっている。

それまでも、仕事の手を休めて、きびきびと働く深雪をよく見ていた。その生き生きした身体の動き、涼やかな目や厚めの唇、ちょっとした仕草が、たまらなく愛《いと》おしく、胸を焦がした。

俊は、深雪の手をとって、草刈り場に続く、林の奥の岩陰へ引っ張って行った。

明るい新緑の林に、木洩れ日が射していた。

ふたりは立ち止まり、唇を合わせた。

村の発電所により、座敷や台所、夜業をする土間には、電灯がついていたが、夫婦の狭い寝所は、厚い板戸の中で、真っ暗だった。

こんな明るいところでは、恥ずかしい、と、深雪が言った。

ふたりの間に秘密はなしだよ、と、俊は優しく微笑んだ。


俊は、魚釣りがうまかった。

釣竿を持ち、家を出ると、川までの間、長く伸びた草の小路を通りながら、バッタの小さいのを摑まえ、魚篭《びく》に入れると、それが、もう餌になる。

バッタがなくなると、川の石をひっくり返し、裏にへばりついている虫を獲って、餌にする。

雑魚《ざこ》や白魚、赤太《あかぶと》を、たくさん釣ってきた。

梅雨のころ、何日も雨が降り続いて、川の水嵩が増し、大水となった。

俊は、蓑笠をつけ、セセリ（魚を追いこんで獲る、竹で作った漁具）をもって、川へ行った。濁り掬《す》きだ。

岸辺に立つと、川は、俊に襲いかかってくるか、と、思われた。

川は、轟き、怒り狂っていた。

巨竜が暴れていた。

茶色に濁った大量の水が、盛り上がり、うねり、飛沫をあげ、物凄い速さで流れ下って行く。

杉や桧、雑木の生木が、根ごと、波に乗って、目の前を横切る。

腹に応える地響きだ。圧倒的な水の力で石が転がり、ぶつかり合って川底を掘り、音をたてているのだ。

そう言えば、おっ母さんの小さいころ、大水の出た日、五、六歳の女の子が流れて行くのを、警戒に当たっていた消防の衆が見つけて、大騒ぎになったって、聞いたことがあった。

これじゃあ、大人だって、助からん。

女の子は、半月あまり後、何里も下流の大きな淵に、流れついたたくさんの流木といっしょに浮いていた、ということだった。

母親や家の衆は、気も狂わんばかりに、泣き叫んどったそうだ。

岸辺にある猫柳が、大水の流れをかぶり、大きく揺れている。

俊は、流れの浅くて、ゆるそうな猫柳の下に、足を踏み入れ、セセリを当てた。

中心部の激流を避けて、小魚が、流れのゆるい猫柳の下に集まっているのだ。

片足で一度追いこむ度に、雑魚、白魚、赤太などが、よく入った。

川岸を注意深く移動しながら、漁を続けた。

小半時ばかりで、小さなバケツいっぱいになった。

鍋に入れ、醤油と砂糖で煮る。甘露煮だ。

それは、深雪の仕事だった。

長雨のせいで、盆作りへ行く山路が荒れた。

俊たちは、この路を使っとる結《ゆ》いの衆といっしょに、土砂崩れや沢の小橋、水が流れた跡を修復した。

二日かかった。


俊は蜂の子獲りも、上手かった。

王様蛙をとってきて、皮を剥ぎ、竹の棒に逆さに刺して、川端など、蜂のきそうな場所に置く。

綿片をつけた蛙の肉を、マッチ棒の先につけて、蛙にとりついている蜂に持たせる。

綿のついた肉片を足でつかむと、蜂が飛び立つ。

ハイスガリといって、小型の蜂だ。

さあ、追跡だ。

いつも、靖夫と二人でやる。

野を越え、谷を渡り、山を駆け上る。

藪や茨があろうと、川の流れが速かろうが、崖だろうが、路なき山中を、上がったりずり落ちたり、必死に追いかける。

息切れ、したたり落ちる汗。擦り傷だらけの顔や手。

途中で見失えば、また、始めからやり直し。

わからなくなった場所で、一人が待っていて、追跡を続ける。

とある雑木林の中へ、蜂が一直線に飛んでいく。

草木の根元の小さな穴に、蜂は入った。

俊たちは、使い古しの歯ブラシに火を点けて、穴の中へ煙を強く吹きこむ。

硫黄入りの素材が燃える強い悪臭に、無数の蜂が、一斉に逃げだす。

唐鍬で、急いで巣を掘り出す。

そのまま、幾重にも重なった巣を、持ち帰る。

蜂の子を混ぜて炊く蜂の子飯は、天下一品だ。また、蜂の子を甘露煮にして、炊きたての飯の上に乗せてもよい。

深雪も、ウメノも、大好きだ。

この谷では、大昔から、食べてきたご馳走である。

若い衆もいいおじさんたちも、夢中になって、追いかけてきた大捕り物だ。


或る日、俊に手紙が届いた。

もってきた郵便配達の久夫さんが、「よう、俊、おめでとう」と言った。

なんのことか、と思ったら、徴兵《ちょうへい》検査の知らせだった。

戦争がだんだん厳しくなり、満二十歳だった徴兵検査も、繰り上げられて、満十九歳になった、と聞いていた。そろそろと、俊も内心覚悟していたが、黙っていた。

七月三日に、村の国民学校へ出頭せよ、とあった。

深雪は、青ざめた顔で俊を睨むように見たが、「そう」とだけ言った。

ウメノは、がっくり肩を落として、明るいうちから、寝所へ入ってしまった。

夜、深雪は、「嫌だ、嫌だ」といって、俊の分厚い胸板を叩いた。縋りついて、激しく泣いた。

翌朝も、俊は田の水を見に、盆作りへ登っていった。全部の棚田の水の量を毎日見て、水漏れがないか、深水でないか、確認するのだ。

田の草取りも、ふたりで二番草をすませた。


七月三日がきた。暑い日だった。

俊は、洗濯したてのさっぱりした服装で、村の国民学校へ出かけた。

門を入ると、校庭は、一面に学校生徒の作っている芋畑だった。俊は、奉安殿に向かって、拝礼をした。

会場の教室に入った。

何人かの同級生もきていた。

役場の兵事係の甚平さんが、

「おめでとう。俊も一人前になったなあ」

と、肩を叩いた。在郷軍人のじいさまたちもいたので、挨拶した。

ふんどし一つになって、身長、体重を測り、視力検査をした。

身長一五二以上、視力よし。

部隊からきた、いかつい顔の衛生兵の前に立った。

「ふんどしをとれ」

裸になると、いきなり、衛生兵はごつい手で、局部を強く握った。顔を見ながら、「よし」と、言った。

性病の検査だ、と仲間から聞いていた。

「廻れ、右」

そのまま足を開いて、床に手をつけ。

「尻の穴を見せろ」と言った。

「よし」

痔疾があると、行軍に耐えられないので、この検査をするのだそうだ。

「よし。甲種合格。貴様、兵科の希望はあるか」

衛生兵が、大声で聞いた。

山坂を駆けまわっているので、歩兵がいい、と答えた。海軍は、海が怖そうなので、希望しなかった。

夕方、雷が鳴り、土砂降りの中を、濡れて帰った。

大渕の旦那から、夏焼きの山を借りた。

前の年に頼み、太めの木は、もう伐り倒しておいたものだ。

深夜に起き、星の空を仰いで坂を登った。

大きな信玄袋（布製平底の手提げ袋で、口を紐でしめる。何でも入れられる合切袋）に、稗飯のおにぎりや毛布を入れ、下刈り鎌や唐鍬を担いで、盆作りを越え、峠の杉平に出た。

ふたりとも、バケツをぶらさげている。

小さな祠があり、五銭硬貨を供えて、拝んだ。

昔、長篠合戦で、織田信長、徳川家康の鉄砲隊に敗れた武田の残党が、ここらを北へ逃げて行った。中に傷を負って、力尽き、山の中や村のあちこちで死ぬ者、谷の川原へ水を飲みに這ってきて、息絶える者もあった。

村人は、哀れに思い、峠にあったような祠を建てたり、無縁墓を作って、弔った。

「ほれ、家の墓の外まわりに、丸っこい古い石があるだろ、苔だらけの。あれは、武田の落武者の墓だって言われとる」

また、動けずにいたところを村人に助けられ、そのまま村にひっそり居つく者もいた、という。

暗い尾根道を歩きながら、俊は、そんなことを話した。まだ、一里（約四キロメートル）もある。

ふたりは、日が昇るころ、大野山の雑木林に入り、仕事にとりかかった。

風がそよとも吹かず、ほっとした。近くの沢の水を汲んだバケツを、かたわらにおいた。

焼き畑予定地のまわりを囲む火道を、下刈鎌や鉈《なた》、鋸《のこぎり》で切り開き、中の林に火をつけた。

火は、音をたてて燃えた。

炎が、周りの木々より高く上がった。

燃え盛る火を見て、深雪は、怖そうだった。

火が火道を越えて、ほかの林に移らないように、ふたりで用心深く見守った。

昼餉も、おにぎりを食べながら、火を見ていた。

油断は、できない。

ようやく下火になってきて、ふたりは、ほっとした。

火が消えた。

西の山に日が沈み、夕焼けが藍色に変わった。くすぶっている木の株や根っこには、沢の水を何度も汲んできて、入念に水を掛け、唐鍬で土をかぶせ、火の始末をした。

近くで、「ギャン」「ギャン」と、獣の鳴き声がした。

「コワイ」と、深雪が俊の手を握り、身体を寄せた。

「心配いらんよ。狐だから」

狐は、「コン」と鳴くが、近くで聞くと、「ギャン」と、聞こえる。

人は襲わないから、怖くない。

担いできた信玄袋、布地も厚く丈夫なこの信玄袋を、俊は愛用していた、中から茶色の薄い毛布を出し、いっしょにくるまって、大きな樹の下で、野宿した。

満天の星空だった。雲一つない。

夜中にも、ふたりで、焼き畑に残り火がないか、見回りに立った。

翌日、夕方、村に帰った。

続く数日は、俊がひとりで出かけ、白い灰で埋まった焼き畑に、蕎麦のタネを蒔いた。灰は、蕎麦の肥料になるのだ。

万が一の残り火やくすぶりを監視したり、前の年に伐り倒しておいた木を、薪用に切った。

焼き畑に白い花が一面に咲き、四〇日ほどして、蕎麦が刈り頃になる。


ウメノは、町の歯医者へ行っていた。

真夏の暑い日盛りだった。

俊が、外から予定より早めに帰ってくると、裏の方で、水の音がする。

不思議に思って、そっと覗くと、深雪が盥の中で、行水をしている。

そのうち、立ちあがって、首を少し傾げて、髪の毛を手で梳き上げたりした。

身体を陽に向けて乾かすかと思うと、水を手で掬い上げて、立ったまま、胸や背にかけた。

いかにも気持ちよさそうだった。

俊は、惚れ惚れと眺めた。

しばらく、深雪は、気がつかなかった。

ふと、振りかえると、俊が見ているではないか。

深雪は、「キャッ」と、叫んで、濡れたまま、服を羽織って、家のなかへ逃げこんだ。

俊が、シャツを脱ぎ捨てて、追いかけた。

盆作りの棚田は、朝から陽射しが強く、油蟬がしきりに鳴いていた。今日は、三番草だ。

一番大きなひょうたんから始めた。風にそよぐ青い稲の列に、ふたりは入った。水が夏の陽に照らされて、生ぬるい。

水の張られた水田は泥が深く、雑草がびっしり生えている。

俊も深雪も、麦わら帽をかぶり、顔を厚い手拭いでしっかり覆った。腰をかがめて、草取りを始めた。

真夏の雑草は広く根を張っていて、指に深く掛けてもなかなか取れない、しぶとい。男の力でも大変なのに、深雪には、なおさらだ。

それでも、腰をかがめ、手を伸ばして、雑草にしっかり指を掛けて、取らなくてはならない。

すると、ちょうど、一尺ほどに育った稲の鋭い葉先が、顔を刺す。厚い手拭いで覆って、武装していても、生地の間から、切っ先が絶え間なく突き刺して、痛い。

すぐに、顔一面、刺され傷だらけになってしまう。

陽が強く、暑くて汗がぽとぽと落ちる。葉先で刺された顔に、汗がしみて、我慢できなくなる。

すぐ上の林で、油蟬がやかましく鳴きたてる。

そのうえ、五、六間も進むと、腰が痛くなり、手を休めて、腰を伸ばさずにはいられない。

まさに、地獄の責め苦だ、と、ふたりは言い合った。

こんなに若い者でも、悲鳴をあげる、辛い仕事だった。

二四枚の棚田全部の草取りを終えるのに、ふたりがかりで、三日もかかった。

ときどき通っていた焼き畑で、蕎麦を刈る日がきた。

ふたりで背負板を背負って行き、刈った蕎麦を運び、裏の稲架《はざ》に干した。

一部は売って、ふたりのささやかな小遣いとなった。

蕎麦を打つ家もあったが、俊の家では、丸い蕎麦饅頭にして七輪で焼き、赤味噌をつけて、フーフーいながら食べた。また、熱い蕎麦がきもうまかった。

大渕の旦那には、約束通り、杉林の間伐、木馬《きんま》での運搬、下枝打ちに通って、人工《にんく》で返した。


深雪は、盆過ぎに、里帰りした。

土産に、アテでとれた野菜と、自分で縫った手提げ袋を、両親や弟妹たちにもって行った。

帰りには、自家製のこんにゃくと里芋、ツトキビ（とうもろこし）をもらってきた。里のこんにゃくは歯ごたえがあって味がいい。ツトキビも、海抜が高く、寒冷地なので、美味しさが違った。

夏も終わるころの夕暮れ、アテの畑仕事を終えて山を下ったふたりは、よく鍬を担いで川へ行った。

カナカナ蟬（蜩《ひぐらし》）の鳴きしきる川原で、水に入り、石で鍬の泥を落とした。

川風がさわやかに吹き、ほてった足に水の流れが気持ちよかった。

ふたりは、手足を洗い、顔を洗った。


稲が実り、棚田が朝陽の下で、黄金色に輝いていた。

稲刈りに登ってきたふたりは、田を見てまわった。

ひょうたんのほとりで、俊が深雪を呼んだ。

「それ、深雪の言った岩だよ」

黄金色の稲の海に、大小二つの岩が浮かんでいた。田が青いころよりも、さらに目立ち、一幅の絵のようだった。ふたりは、しばらく、黙って眺め、顔を見合わせた。

この岩のある棚田は、忘れることができない、ふたりの宝物となった。

稲を刈り、稲架にかけた。

秋の日は、暮れやすい。

朝から晩までせっせと働き、三日かけて、稲刈りを終えた。

ただ、三日目の昼餉のあと、ふたりは、前に行った林の奥の岩陰に忍んで行った。

「あと、何日かしら」

深雪が、ぽつんと言った。俊は、黙っていた。

頃合いになって、盆作りから稲の束を背負って、急坂を家に運んだ。何度も往復すると、ふたりとも、膝ががくがくした。

俊が、脱穀機を足で踏んだ。唐箕《とうみ》で振り分けた籾は丸兄の家にもって行き、籾摺機を使わせてもらった。

供出の分を差し引くと、一年の食い扶持には足りないが、稗や粟、麦、芋などを混ぜて、補うのだ。

俊が、夜、川の岩に仕掛けた罠に鰻がかかった。

新米を焚き、深雪が鰻丼を作った。

「こりゃあ、うまいの」

と、ウメノが言った。

俊は、沢蟹もよく獲ってきたが、空揚げにすると、酒の肴に持ってこいだった。

この谷で、春先に釣った天魚《あめのお》を、串に刺して焼き、天井から吊るしておいて、囲炉裏の煙で燻製にする。

炊きたてのご飯の上に、ほぐした身をおいて、熱い茶をかける。

この「天魚《あめ》茶漬け」は、蜂の子飯とともに、この谷の絶品だった。

俊は、天魚釣りもうまかった。

奥深く急な谷川を遡って行き、知りつくした川の淵や淀みに、下流から、そっと毛鉤を這わせるのだ。

中でも、恩沢は、人を寄せつけぬ険しい谷だったが、俊の秘密の漁場だった。

山々が紅葉し、谷のあちこちが黄と赤に彩られた。

木々の葉が風に乗って舞い上がり、あるいは日毎に落ち続けて、林の中を埋め尽くした。

夜、俊たちが夜業をしようとすると、土間の仕事場を照らすタングステン電球が光の糸になった。村の衆は、これを「南蛮電気」と呼んでいた。タングステンの線だけが、かすかに見えるばかりで、土間も囲炉裏も台所も、みな真っ暗だ。

人の顔も、見えない。

村の発電所の水路に落ち葉が詰まって、水が流れなくなっているのだ。当番の衆が、堆肥をとるときの鉄製の熊手をもって、昼、夜を問わず、駆けつける。

落ち葉を全部完全に取れれば、明るくなるが、落ち葉の季節は、そうたやすく水路から取ることはできない。次から次へ、落ち葉は降りそそぎ、水路は埋まる。

当番の衆が早く駆けつけ、少しでも取れば、少し明るくなるが、また、暗くなったりする。魔法のように、タングステンの線が細い線になったり、光りだしたりする。

その度に、松の根のアカシを燃やしたり、消したりしながら、作業を続けるほかはない。

ウメノは、この落ち葉の演《だ》し物に慣れていて、囲炉裏のそばを離れず、渋茶をすすり、煙管を二、三服吸うと、さっさと寝所に入った。

ふたりは、棚田の奥の草地に入り、夏刈っておいた枯草を、背負って田に運び、押し切りで細かく刻んだ。来年の堆肥にするのだ。

アテで、野菜の収穫をした。

坂道を登って行くと、今年も鵯《ひよどり》がやってきて、途中にある二、三本の柿の木で、「ピーッ」「ピーッ」と鳴き、波を描いて、飛び去った。

アテの畑は、南向きで作物にはいいが、吹き曝《さら》しで風が強い。アテ、というのは、傾斜地という意味らしい。俊にもよくわからなかったが、知恵者の太助じいが、いつか、そう言っとった。

畑全体が傾斜していて、ひどい雨が続くと、土が流れてしまうほどだ。だから、必ず土留《どど》めをする。畝《うね》作りも、下から土を掬い上げるように、鍬を使わなくてはならない。

なかなか難儀な畑だった。

しかし、景色はよく、晴れた日は、気分がいい。

空が大きく、向かいに、杉山が幾重にも重なって、なだらかな鈴山が、青い姿を横たえる。

風越山より、少し海抜が高いはずだ。

細長い谷の一部も、見える。

知生川が曲がりくねっており、あそこがヘソ淵だ。田んぼや畑、大渕の白い蔵、岩男兄の家も見える。

白山神社の大杉は、やっぱり大きい。

春、二度芋《じゃがいも》の種芋を二つに切り、灰をまぶして畝に植えつけた。大きくても五センチ、二、三センチくらいの芋しか穫れなかったが、七輪で焼くとピーっと音がした。赤味噌をつけて食べた。

稗や粟も植えた。稗飯、粟飯にする。

大麦も、麦飯用だ。麦踏みをし、麦秋といわれるころ、穂のノギが目を刺すのに悩まされながら、麦を刈った。

小麦の方が、ノギに刺されない。

夏、うどんにして、水を張った桶に入れ、汁につけて、昼飾や夕飯に、食べる。大事な食べ物だ。

「稲は、左手を逆手《さかて》に握った束を向こうに、鎌を手前に引くが、麦は、左手の束といっしょに鎌を引く」

と、俊は、小さいころ、父親の俊吉に教わったことを、麦刈りの季節になると、思いだす。

夏は、さつまいも、茄子、きうり、トマト、ほうれん草、などを収穫した。さつまいもは、飯にも混ぜるが、おやつにもなる。

また、ツトキビは、夏の楽しみの一つで、夕方、背負籠《しょいこ》に放りこんで山を下り、一家で蒸かして食べた。

甘い湯気がたち、熱いのにかぶりついた。焼いても、香ばしくて、うまかった。

自家用の豆腐作りに、大豆も植えた。

茄子の苗は、育てるのが難しく、毎年、丸兄から分けてもらった。

大根も、お菜や漬物のたくわん用のほか、辛い青首大根も植えた。

釣瓶落《つるべ》としの秋の日が落ちると、夜が少しずつ長くなった。

夜、タングステン電球が明るくなったり、暗くなったりする土間で、夜業仕事をした。深雪は、藁《わら》を叩き、赤や黄の端切れを草履に編みこんで、ウメノや俊の分を作った。布を入れこむと、丈夫になる上に、見た目がいいのだ。

ウメノは、何もいわなかったが、にんまりして、毎日履いていた。

俊は、大渕の旦那に頼まれた、炭焼き用の俵を毎晩、編んだ。材料の茅《かや》は、夏のあいだに大渕の山で刈り、家の裏にどっさり干しておいたものだ。俵を売った金で、俊は母親に袋物を、深雪に襟巻を買った。

俊の徴兵検査のころ、サイパンが玉砕した。八月には、テニアン、グアムが落ちた。十一月一日、ついに本土への空襲が始まった。谷のはるか空高く、Ｂ29が、白い雲をひいて飛んだ。

村にも、戦争の緊迫した空気が立ちこめた。

国民学校の校庭で、国防婦人会の竹槍訓練が毎日のように行われ、戦地の兵隊さんに送る慰問袋や千人針が作られた。警防団は、ポンプの消防のほか、出征家族の百姓仕事の手伝いなどを鳴り物入りで進めた。五人組は、「トントントンカラリと隣組」の軽快なリズムに乗って、隣組となり、絶えず常会をひらいて、戦意高揚の訓話を聞かせたり、戦時国債の割り当て、米や塩、煙草の配給、貴金属類の供出などの扱いをした。

隣組の組合長になった丸兄は、急に肩を怒《いか》らせて威張りだし、ものの言い方まで変わった。常会を始めるときなど、「えへん」と、わざとらしい咳をしてみたり、口をすぼめてみたりした。これには、女衆も嘲笑《あざわら》っておかしがった。

訓話が下手でも、ただ黙って聞いていれば、よい。

ただ、常会や竹槍訓練に、女衆が遅れたり、休むと大変な怒りようで、場合によっては、配給にまで響く。人の好き嫌いや、態度が気に入らないと、よけいにひどくなる。

塩や煙草などの配給では、決定権をもっており、ものにより渋ったり、依怙贔屓《えこひいき》をした。自分の力をみんなに見せつけ、従わせようとする。組のお春姉に、金歯をはずして供出しろ、と命令したり、煙草の配給を渋ったりする。

酔っ払いの富雄など、常会のとき、文句を言ったので、憲兵に報告するぞ、と脅された。

昔の人のいい丸兄ではなくなった。みなの衆も困ったことだと、陰でひそひそ話をしたが、どうすることもできなかった。今や、丸兄が、強大な権限を持ったことは事実だった。

村から町にでる途中に、一軒宿の温泉があった。

添沢温泉雲泉閣といった。

そこに、街から一〇〇人の疎開学童が来た。四年生以下のこどもたちだった。母親が恋しくて泣く子もいた。おねしょをする子もいた。

元気な女将は、温泉宿を、こどもたちの「山の家」と名づけ、ひもじい思いをさせないように、食料集めに奔走した。戦時下で、山村地帯でも、食料は不足し、困難を極めた。

米の配給は足らず、野菜も十分ではない。

森林組合の人から荷車一台分の炭をもらい、さつまいもと交換したり、毎日が苦労の連続だった。

困り果てた女将は、木炭トラックを雇い、空襲の始まった都市を抜けて、その先の半島へ、米をはじめ、さつまいもや大根、人参などの買い出しに出かけた。

これは、冒険だった。

空襲も怖かったが、闇米の取り締まりはもっと厳しく、日常的に行われていた。

しかし、こどもたちを飢えさせるわけにはいかない。

女将は、出かけた。

米や野菜を、何とか確保し、帰路に着いたが、街のはずれの大橋で、捕《つか》まってしまった。

トラックで闇米を、と、色めき立って連れていかれた警察署で、女将は、闇米などではなく、一〇〇人の疎開学童に食べさせる食料であることを力説したが、巡査たちはにやにやするばかりだった。

熱血女将は、業を煮やして、署長室へ押しかけ、署長に直接、訴えた。

「山の家」のある町の警察署長の山本さんに、電話で聞いてみてほしい、と言った。

「こどものことで、署長さんも、いろいろ協力してくれとるよ」

と、得意の弁舌で、捲くし立てた。

山本署長と連絡が取れ、やっと、警察署を出ることができた。

そうした女将の苦労を知っている、国防婦人会長の大渕の姉さんが、婦人会の人びとに呼びかけて、ときどき、集めたさつまいもや野菜を、オート三輪で届けさせた。

深雪も、アテでとれた乏しい野菜を、少しだったが、もっていった。

木枯らしが吹き荒れ、十二月に入った。

雲が厚く谷を覆い、川が凍って、音が小さくなった。

朝起きると、炊事場の樋が凍っていた。洗い物のあと、深雪はかまどの火に手をかざした。


十二月七日、午後一時半過ぎだった。

家で昼餉をすませ、俊が土間におりて、上がり框《かまち》で地下足袋を履いていると、突然、大地が揺れた。

最初の一撃は、縦に揺れ、ついで、大きく横に揺れた。

家が揺れた。板戸や障子が激しい音をたて、見上げると、小さな家の梁が躍っているように見えた。

台所で洗い物をしていた深雪も、青ざめた顔で、柱や戸に摑まりながら、動けないでいる。

ウメノも、囲炉裏端に座っていたが、揺れが激しく、身動きができない。

大揺れの最中、俊は、とっさに地下足袋のまま、座敷に駆け上がり、囲炉裏の榾火を、灰で埋めた。

その間も、家は、揺れに揺れ、ぎしぎし、めりめり音をたてた。今にも、壊れるかと、思われた。

上がり框に戻った俊の腕に、深雪は、必死に摑まっていた。

やっと地震が収まって、家の外に出てみると、組の衆がいて、みな、青い顔して、怖かった、家が潰れるんじゃあないかと思った、などと、話し合った。

おコソ姉や組のお春姉など、震えとった。

不気味な余震がときどききたが、俊が屋根に登ってみると、杉皮葺きを抑えている一抱えもある石が、あちこちずれたり、転がっていて、もう少しで、落ちるところだったので、ヒヤッとした。

家を慌てて飛び出したところへ、石が屋根から落ちてきて、一撃されたら、ひとたまりもない。

隣組長の丸兄が、早速、被害を報告せよ、と、回覧板で、通達を出した。

昭和十九年暮の東南海地震である。幸い、村に大きな被害は、なかった。


俊は、初めて、深雪の実家へいっしょに出かけた。

深雪の生まれた村は、花祭の里だった。

能より古い霜月神楽で、六百年以上も前から、この地に根付いている、という。郡内に二一、県外に一の、全部で二二ある中で、最も古い、といわれている村だ。

木炭バスは、坂をあえぎあえぎ登り、峠を越え、二つ三つの村を過ぎ、さらに、また、登った。

数軒が道路沿いに並んだだけの、谷あいの停留所で降りた。

岩を嚙み、白い歯を見せる渓流の吊り橋を渡った。

山路に入った。

かなり急な坂もあった。

峠には、雪があった。いくつか、峠を越えた。

一際高い雪の峠を越えると、南向きの山腹にへばりついた、数戸の家が見えた。

「あれが、わたしんとこ」

と、茅葺《かやぶ》きの小さな家を指さした。

高い石垣の上にある家に入り、座敷に上がった。

両親が、二人揃って挨拶に出た。

「寒かったずら。さあさ、火のそばへ、さあさ」

と、囲炉裏の客座に招き入れた。

「先日の地震の被害は、なかったかね。えらい揺れ、でしたのう」

と、真っ先に、尋ねた。

「ああ、そうだったかね。そりゃあ、よかった。……ありがと、こっちも、お陰様で、何でもなかった」

二人は、こもごも、話した。

山坂の雪道が遠くて大変だったろうとか、祝言以来の無沙汰の詫びから、土産のお礼やら、代わるがわる、長々と言い、何度もお辞儀をした。

正月明けには、入隊するそうで、

「おめでとうございます」

と言い、なんとしても、無事帰ってきて、深雪を喜ばしてやってほしい、わしらも、待っとりますで、と、目を潤ませた。

徴兵検査も、甲種合格だそうで、なるほど、がっしりしたいい体格をしとる、家の婿さんは、と言った。

挨拶が、とてつもなく長くて丁寧なのは、このあたりの習わしだ、という。

隣りの家に貰い風呂をしても、日々のあれこれを並べ、長々と礼を言うのだ、冬なんか、湯冷めしちゃう、と、深雪が笑って話した。

父親の遠山雅雄は、痩せた初老の好人物で、目許が、娘の深雪そっくりだった。

母親の久も、気さくで、さばけた感じである。

俊は、真っ先に風呂へ案内され、囲炉裏を囲んで、食事になった。

一升瓶がどんと置かれ、酒を勧められた。

父親も、ゆったり酒を飲みながら、しきりに、

「娘は、まだ十七、こどもこどもしとって、役にたたんと思いますが、しっかり仕込んでやってください。よろしゅう、お頼の申します」

と、言っては、俊の盃に酒を注いだ。

母親の久も、酒の肴の小魚の甘露煮や漬物、自家製の金山寺味噌のほか、囲炉裏の自在鉤に掛けた鍋から、ケンチン汁を大きな椀に入れて、さあ、遠慮なくたくさん食べとくんなさい、と、盛んに勧めた。

「『花』は、夜、冷えるでねえ。ケンチンは、温《ぬ》くまるから、さあさ」

てんこ盛りの銀シャリのお代わりも、何度も勧めた。

「ふつつかな娘だけど、よろしゅう、ね」

深雪の二人の弟妹、千太郎と幼い桃ちゃんも来た。

初めて兄さを見た弟のほうは、はにかんでいたが、桃ちゃんは、早速俊の膝の上に乗ってきた。

土産の手提げ袋、干し柿や蕎麦饅頭を、千太郎も桃ちゃんも喜んだ。

先ほどから、笛の音やざわめきが聞こえていた。

家を出て、坂を下りながら、道々、深雪が言った。

「花祭」のこと、みんな、「花」っていうの。

盆踊りのように、踊りとはいわない、踊りではなく、「舞」なのだそうだ。

「花」を舞う家を「花宿」っていうんだけど、昔から、決まっとって、わたしらんとこでは、二軒、毎年、代わるがわる、やる。

空襲が始まっとって、名古屋や浜松へ行くB29が、この上をしょっちゅう通るから、ねえ。夜、灯火管制も出とるし、花宿が明るいと、爆弾落とされるかもしれん、というわけで、今年は、黒い幕を被せとるそうだ。

近づくにつれて、賑やかな笛の音と人びとの掛け声、叫ぶ声が聞こえてきた。

花宿に着いた。

上から明かりが見えないように、すっぽりと、黒い幕が被せられている。B29対策だ。

見物衆が暖をとる庭の焚き火も、今年はない、という。

屋内の舞庭《まいど》（舞の場所）には、注連縄《しめなわ》が張りめぐらされ、真ん中に、大釜の湯が、煮えたぎっている。

真上に、七色の切り紙を垂らした天蓋が、ぶらさがる。「びゃっけ」というそうだ。

その脇で、揃いの紺の衣装に身を包んだ三人の男衆が、両手に剣と鈴をもって、ゆったりと舞っている。

「テーホヘテホへ　テホホヘテホへ」

いっしょに、大勢の男衆が口々に掛け声を掛けながら、舞っている。

「地固めの舞よ」

と深雪が言った。

「しっかり、竹んつぼ、吹け」

　楽の座で笛を吹く衆に向かって、声が飛ぶ。

「そんなへっぴり腰じゃ、嬶《かかあ》が逃げちまうぞ」

舞い手にも、厳しい大声。

　周りをぎっしり取り巻いた、見物衆からの野次だ。

「セイト」というのだそうだ。ほかの花の里からも、大勢来ている。

　行く前に、俊は、

「見物衆から、ひどいこと、言われるからね。特に、余所《よそ》から来た衆にひどいの。でも、悪く思わんでね、悪気はないんだから」

と、言われていた。

「悪口《あっこう》」っていって、それを言うのが、悪霊払いなのだそうだ。見物衆だろうと、舞い手や笛を吹く衆だろうと、遠慮会釈なく、野次り倒すのだ、という。

　普段は、おとなしく、口の重い衆が、この時ばかりは、天下御免で、いいたい放題、喚き散らす。

　ふたりが入って行くと、

「ややや、深雪じゃねえか」

「えええ？　深雪だって？」

の大声。

早速、「セイト」衆から罵声が飛んだ。

「やいやい、そこの兄《あん》ちゃんよ、おらんとうのきれいな姉ちゃんを、かっさらといて、それで、すむと思っとるか」

みな、酒に酔っているから、勢いがいい。

「やいやい、深雪をさらった奴だって、どんな面《つら》しとるか、と思ったら、屁みたいな奴じゃ。大したこと、ねえや。おおい、深雪、いつでも、戻って来いよ。俺の女房にしてやるぞ」

「やいやい、やいやい、そこの兄ちゃんよ、兵隊にも行かんで、ここらくんだりで、ふらふらしとるたあ、非国民じゃねえか。目障りだから、さっさと兵隊に行っちまえ」

近頃は、徴兵や赤紙で、軍隊へ引っ張られる連中が多いので、やけになって、悪酔いする「荒くれ」が、暴れまわったり、喧嘩したり、いつもと違うそうだ。

「やいやい、深雪ちゃんは、俺の女房になるとこだったんだぞ。ちょっと、油断しとったら、……」

「嘘こけ、深雪に振られたくせに」

仲間割れもあった。

「やいやい、深雪、幸せか、深雪を泣かせたら、只じゃあ、置かねえぞ、兄ちゃん」

と、いうのも、あった。

「あの人に告白されたことがあるの」

と、深雪が、小声で言った。

やはり、深雪は、もてたんだなあ、と、俊は思った。

次の舞に移った。

今度は、三人の若い衆だった。手に手に鈴と扇をもっている。

「テーホヘテホヘ　テホホヘテホヘ」

舞い手のまわりを、みな、勢いよく舞っていた。

夢見心地で、陶然と舞っている衆が多かった。華麗にしっかり舞う者もいた。ただ手を上げて、よろよろしている酔っ払いもいた。

外の方で、騒がしくなった。

尖った怒鳴り声が、聞こえた。

「喧嘩だ、喧嘩だ」という声が聞こえた。

「荒くれ」だ。

「『花』で、喧嘩なんて、今まで、聞いたことないよ、やっぱり、戦地へ行くんで、荒れとるんだね」

と、深雪が言った。

見物衆の中には、女衆もいた。

小さい女の子たちも、娘たちもいた。

「テーホヘテホヘ　テホホヘテホヘ」

と、みんな、身体が動いている、いや、身体が舞を舞っている。笛の音に乗っている。足で拍子をとっている娘もいる。

「わたしら、一度も舞ったことないの。舞うのは、男の子だけ。

女の子は、絶対、駄目！

どうして、男の子に生まれなんだか、小さい時から、悔しくって悔しくって」

と、深雪が、言った。

女は、不浄だから、舞ってはいけない、という。また、山の神は女神なので、女が舞うのを嫌うのだ、ともいう。

舞は、五穀豊穣を神様に祈願して奉納する、神聖な儀式なのだ。

「今でも、悔しい。どうしても、舞ってみたい。男の子だったら、舞えたのに！」

と、深雪は、強い口調で言った。

「花の舞」になった。
六、七歳の三人の男の子が、男衆の肩に担がれて、登場。
赤い衣装に片襷《たすき》、裁《た》っ著《つ》け（カルサン袴、上部がゆるく、裾が細い）に脚絆《きゃはん》、草鞋《わらじ》掛け、頭には、花の冠をかぶって、可愛い。

笛の音に、扇をもって、舞い始めた。

「テーホヘテホヘ　テホホヘテホへ」

「テーホヘテホへ　テホホヘテホへ」

深雪が、口ずさんでいる。

男の子らの舞にあわせて、身体を揺らせ、足を上げ、地面をとんとんと踏んでいる。

「身体が、自然に動いちゃうの」

舞は、笛の音に乗って、手足を上げたり、飛んだり、回ったり、幼い身体つきや表情が可愛い。

「テーホヘテホへ　テホホヘテホヘ」

「やあれ舞った、よう舞った」

「セイト」の衆が、幼い舞い手を励まして、囃し立てる。

「次は、『三つ舞』」

三人の男の子が、登場。
十三、四歳だという。揃いの青い衣装だ。
笛が、ピーッと高く鳴り、右手に鈴、左に扇をもって、静かに舞い始めた。

舞い手の男の子たちは、素朴に、少年らしく、きりりと舞っている。

舞は、「反閇《へんべ》」といって、大地を踏みしめて、地霊を鎮めるのだ、という。

「テーホヘテホへ　テホホヘテホヘ」

「テーホヘテホへ　テホホヘテホヘ」

「わたし、これが、一番好きなの。いつ見ても、素敵。笛が鳴ると、もう、身体が、舞っとるの。これを一生に一度でいいから、舞ってみたい、どうしても」

男の子だったら、舞えたのに、と、悔しそうに、また繰り返した。

よっぽど悔しかったんだなあ、大した執念だ。

この熱狂ぶりは、見た者でないとわからん、いや、この里に生まれたもんしか、わからん。

俊は、そう思った。

そばにいた「セイト」衆が、妙な名乗りを上げた。

「こう見えても、阿兄様《にいさま》は、名古屋城の金の鯱鉾《しゃちほこ》の上で、逆立ちした」

というのがいた。

「こう見えても、阿兄様は、米の飯で、お育ち遊ばした」

と、大声で、威張るのもいた。

祭りは、三日間、ぶっ通しだ。

俊と深雪は、最大の見せ場である「榊鬼」の出現から、釜の熱湯を見物衆に掛けながら舞う「湯囃子《ゆばやし》」まで見て、夜明け近くに、帰った。「湯囃子」では、大分熱湯を浴びせられた。

「ああ、熱かった。しかし、大きいなあ、榊鬼の面は。赤鬼だが、相当重そうだから、被って舞う人は、大変だ」

と、俊が言った。

家では、熱々の雑煮を用意して待っていた。

「寒かったずら。さあさ、火のそばにきて、食べてね。雑煮は、温くまるでねえ。お代わりもしてね。さあさ、遠慮はいかんよ。自分の家だと思って、ね。深雪も、勧めて。あんころ餅も、栃餅も、粟餅もよう、焼けとるで、ね」

母親の久が、熱心に勧めた。

ふたりは、一休みして、雪の山路を帰った。

正月が過ぎると、いよいよ入隊の日が迫ってきた。

深雪は、千人針を縫った。村の白山神社のお守りを買ってきて、そっと頬ずりし、胸に押しあてた。

涙が落ちた。

お守りは、「武運長久　荒川俊太郎君」と、墨で書かれた千人針のなかに縫いこんだ。

明日入隊という日、ウメノと深雪は、朝から糯米《もち》を炊き、垂れを用意して、囲炉裏で五平餅を焼いた。

昔から、知生のご馳走だ。

栃の実の味噌垂れ、胡麻味噌垂れ、醤油垂れ、香ばしい匂いだ。

五平餅は、柾目《まさ》の杉の板を細く割った板に、蒸した糯米を草履《ぞうり》大に練りつけ、垂れをつけて焼く。このあたりでは、一本一合の糯米、というのが、普通である。

「ああ、うまい、うまい」

と、言って、栃の実や胡麻味噌垂れを、俊は、三本平らげた。

「俊、死ぬんじゃないぞ」

と、ウメノが言った。

冬の日の谷は、五時になると、暗くなる。ふたりは、タングステン電球が線ばかりの暗闇になったのを幸いに、早くから寝所に入った。

俊は、深雪の耳に口を寄せて、ささやいた。

「深雪、俺は何としても、帰ってくる。

戦地であろうが、なかろうが、俺がどこへ行っても、な、……深雪は、いつでも、……どんなことがあっても、生きとる限り、この俺の胸の中におるからな」

深雪は、その厚い胸板に顔を押しつけて、何度もうなずき、激しく泣きじゃくった。

「絶対、死なんで。……元気で帰って、……どうしても。……ね？

俊さんがおらんと、……わたし、生きていけん」

夜明けまで、一睡もしなかった。あっという間の短い時間だった。

昭和二十年一月十日の朝がきた。

朝餉には、赤飯を炊いて、三人で食べた。

「死ぬんじゃないぞ」

また、ウメノが言って、お守りを渡した。

どうか、敵の弾が当たらんように。

目に、泣きはらした跡があった。一人息子が、入隊するのだ。

「ああ、心配するな、おっ母さん」

と、俊が答えた。

隣組の衆が、「祝入隊荒川俊太郎君」の幟《のぼり》をたて、在郷軍人会、国防婦人会、警防団に、国民学校の生徒まで集まっていた。

「おめでとう」とか、「さすが俊さん、甲種合格だから、いい兵隊になるぞ」「お国のために、頑張ってこい」と、口々に言った。

大渕の旦那が、「家のことは心配するな」と、言ってくれたことが、俊にはうれしかった。

深雪は、ウメノといっしょに、人びとの後ろに立っていた。人前では、涙を見せまいと唇を嚙んでいた。

「祝入隊荒川俊太郎君」の襷《たすき》をかけた俊は、石の上に立ち、見送りの衆に、感謝のことばを述べ、

「お国のため、天皇陛下の御ために、一命を賭して、戦ってまいります」

と、男らしく言った。

身が震えた。

「ああ、あの人は、征《い》ってしまうんだ」

入隊する俊を先頭に、国民学校五年生以上の生徒たちが、軍歌を歌いながら行進し、警防団ほかの村の衆も、大勢、村境まで送って行った。

村境の手前で、俊は、恒例通り、再度、入隊の決意を述べた。

見送りの衆は、一斉に、

「荒川俊太郎君、バンザイ」

と、バンザイを、三唱した。

「身体に気をつけろや、俊」

靖夫が、怒鳴った。

俊は、黙って、うなずいた。

崖を削った砂利道の狭い県道が、急角度で曲がっているところが、村境だった。川に向かって、松が一本、伸びている。

「村はずれの一本松」と、村の衆は、呼んでいた。

村境で別れると、すぐに見えなくなるので、いつのころからか、人びとは、百メートルほど手前で止まり、バンザイを三唱した後、見えなくなるまで、見送るようになった。

俊も、決意と村の衆への感謝のことばを述べた後、振りかえり振りかえり、歩いて行った。見送る方は、千切れるほど、手を振った。叫んだ。

ウメノも深雪も、一番後ろで、手拭いを一心に振った。

「どうか、無事に帰って！　俊さん」

深雪は、祈った。ウメノも、目を腫《は》らしていた。

俊がみなの衆のほうに一礼し、一本松の先に消えた。

この村境では、悲しい出迎えもあった。

戦死者の遺骨を、ここで、迎えるのだ。

やはり、五年生以上の学校生徒も、村の衆といっしょに、黒いリボンをつけて、参加した。

谷合《やわせ》の守夫兄さの家では、兄弟三人が、「名誉の戦死」を遂げ、葬式のあと、じいさん、ばあさんは、寝こんでしまった。

大渕の姉さんが、よく見舞いに訪ねるのを、村の衆は、見ていた。


昭和二十年の春になった。

三月十日には、一三〇機ものB29が帝都を盲爆して、東京中が火災になったらしい、との噂が伝わった。

しかし、敵機一五機を撃墜するなど、「赫々《かくかく》たる戦果」を挙げた、と大本営発表がいった、帝都上空を焦がした火災も、朝八時ごろまでに、鎮火した、という。

名古屋、豊橋、浜松も、そのうち、やられそうだ。

俊の仲間の靖夫も、入隊した。

谷に、若い衆はほとんどいなくなった。

十七歳になると　少年航空兵などに志願する者も多かった
村の国民学校の原田譲校長は、熱狂的な軍国主義者だった。

学校へは、国民服、坊主頭に戦闘帽をかぶって、やってきた。

「撃ちてし止まむ」が、校長の口癖だった。

前年の暮れに、東京から疎開してきた五年生の昭夫は、その甲高い声、激しい口調に驚いた。

五年生以上が登校するとき、木刀で木の枝を束ねた敵を一〇〇回切りつけ、竹槍で藁人形を一〇〇回突くように、命令したのも、原田校長だ。

天皇、皇后両陛下の御真影を安置する奉安殿を拝礼して、はじめて教室に入ることができた。入口に、二宮金次郎の像があった。

教室は四つあり、一、二年、三、四年、五、六年、高等科一、二年の複式学級だった。そのほかに、職員室、宿直室があった。

全校生徒は、七一人、先生は、校長と各担任の三人である。

毎年、見事な花を咲かせる枝垂桜の木を見ながら、昭夫たちは、席に着いた。

先生が入ってくると、級長が「起立っ！」「礼！」と、号令をかけた。

学校の授業は、大幅に減り、軍事教練をした。

行軍《こうぐん》や匍匐《ほふく》前進、銃剣術に手旗信号、白と赤の旗で、遠くにいる味方と通信するのだ。「トンツー、トンツー」のモールス信号もやった。手榴弾投げは、川原で同じくらいの大きさの石を拾ってきて、遠くへ投げる訓練をする。重かった。

教練は厳しかった。

左手を前に出して顔を守り、腰に構えた右手のゲンコで、「ベイエイ、ゲキメツ」と叫んで、敵のみぞうち（鳩尾《みぞおち》）を突く、そのための訓練も、毎日のようにした。

国民学校の五年生以上の男子は、軍隊組織に編成された。

大隊から中隊、小隊まであり、最上級生が大隊長に、中隊長、小隊長も決められた。

昭大は、小隊長に任命された。

五年生が、一二名、六年生が一四名、高等科の一年生四名、二年生七名、計三七名のうち、男子二三名の大隊である。

すべて国の政策だったが、原田校長は、熱心な推進者だった。

戦時下、食料増産のため、大隊全員で校庭を耕し、さつまいもを植えた。

小隊ごとに畝を作り、茎を植え、水を注ぎ、草を取って、収穫まで担当する。

その畝の管理は、すべて、昭夫たち小隊長の責任だった。

また、出征兵士の家の百姓仕事を手伝いに行った、

小隊は、村の谷筋を走る一本だけの県道の両側に、二列に並んで進みながら、大豆を植えた。竹の棒で

地面に穴をあけ、腰にぶらさげた袋から、豆粒を一つずつ投げこんで土をかける。秋には、これがよく実って、大事な食料になった。

夏休みのころ、大隊すべてを投入して、村中の青田に入り、草取りや稗抜きをしたり、バッタ取りをした。このバッタは、空揚げにすると、うまかった。

少国民たちは、この校長のもとで、軍国少年、軍国少女に育っていった。

学校には講堂がなかったので、全校生徒七一人が集まる時は、長い二間廊下に並ぶことになっていた。校長は、ときどき、五年生以上の生徒を集め、銃後における少国民の心構えを話した。

戦争が厳しくなってくると、一層ヒステリックに叫びたてた。

一、二年生担任の佐藤房子先生など、眉をしかめていた。

娘たちも、女子挺身隊として、町の軍需工場に動員され、「必勝」の鉢巻きをして、旋盤《せんばん》で鉄砲の部品を研磨したり、落下傘の紐を紡いだりした。従軍看護婦に志願する少女たちもいた。

八月に入ったころ、広島と長崎に、新型爆弾が落ちた、という。

相当の被害が出た模様だ。

落下傘つきで、空中で破裂したらしい。人道を無視する惨虐な新爆弾、と新聞に出とったそうだ。

二

夏休みの真ん中、八月十五日は、学校へ行く日だった。

みんなに会えるし、遊べるので、昭夫たちはうれしかった。

夏休み、といえば、早朝から暗くなるまで、夏の日はいつまでたっても暮れない、毎日、田の草取りや畑の手入れに出た。雨の日も、蓑笠つけて、出る時もあった。植林した山の下刈りにも行った。

村のこどもは、みな同じだ。

学校生徒の夏休みは、休みではなく、田んぼや畑に出る長いトンネルのような毎日だった。友だちとも遊べない。

こどもも、重要な働き手なのである。

わずかに、農休み一日と、盆の三、四日、学校への出校日だけ、遊ぶことができた。

ただ、昼の暑い盛りには、ヘソ淵やコカ淵に水浴びに行ったり、一雨きそうな夕方、雑魚釣りに川原へ駆けてったりして、楽しかった。

青空が高く、白い飛行機雲が一筋、くっきりと斜めに横切っている。昭夫たちは、必ず空を見上げて、敵機を、B29を探す習慣がついている。

昭夫は、校門をくぐると、木刀で敵に見立てた木の枝の束を一〇〇回切りつけ、もうこれでふらふらになった、ついで、藁《わら》人形を竹槍で、一〇〇回突いた。

五年生以上の男子は、必ずやらなくては、教室へ入れない。

畏《かしこ》くも天皇皇后両陛下の御真影を奉納し奉る奉安殿に最敬礼した後、運動場の芋畑に入った。

運動場は、食料増産のため、すべて芋畑だ。

小隊長の昭夫が責任をもつ畝《うね》を点検した。

草を五、六本とった。

「異常なし」

ふと、見上げると、職員室の窓から、原田譲校長先生が呼んでいる。

「僕ですか」

と、立ちあがった昭夫に、乱暴に手招きしながら、ひどい剣幕で、何か叫んだ。

校長室へ行くと、

「どうして、軍隊式に、自分でありますか、と、言えんのだ？

僕なんちゅうのは、少国民のいうことじゃないぞ。どうして、そんなことがわからんか、五年生にもなって」

昭夫が、校長先生の顔を見ると、小刻みに震え、こめかみに青筋が立っていた。

「なんだ、その目は」

と、言って、また、叱られた。

でも、村の同級生たちは、先生にも、自分たち同志でも、「おれ」とか「おら」、「うら」、「おらんとう」、
女の子は、「わし」、「わしら」と言っている。「自分は」なんて、だれも言っていないのに、叱られない。

「僕」だけ、なぜだ、と、昭夫は思った。

「お母さん、家におるか」

校長先生は、やっと、言葉を和らげて、聞いた。

昼、軍から休暇で帰ってきた斉田先生の話があった。

「わが皇軍は、赫々たる戦果をあげつつあります。

日本は、神国であります。米英なんかに、絶対負けません」

白い布を巻いた軍刀をがちゃつかせて、先生は断言した。

准尉だそうだ。

昭夫たちも、その通り、「絶対、負けるもんか」と、思った。

斉田先生を、みんなで見送った。

「昭ちゃんも、大きくなって、お父さんの仇をとらなくちゃ、ね」
三、四年担任の原良子先生が、昭夫を抱きよせて言った。
小太りした良子先生は、厚化粧と汗と体臭が入り混じって、むっとした。

昭夫の父も、召集され、戦死している。

いつか、昼の弁当に、赤味噌の味噌汁をかけて、食べていたら、昭ちゃんは、犬か豚のような食べ方だねえ、と言ったっけ。

また、先生が授業で、江戸川乱歩の話をしたことを思いだした。

「大きな壜に、全裸の女性がアルコール漬けになっとるんです」

などと、先生は話した。

教室に戻ると、みんな、久しぶりに会ったので、話に夢中だった。何をして遊ぼうか。がやがやと騒がしかった。

みんな興奮しているのだ。

細田先生がきて、五年生以上は、全員集合、と言った。

廊下に、細長い列を作った。

正面に、国民服に軍帽をかぶった校長先生が立ち、廊下の右側に、先生たちが並んでいる。

列の後ろの方で、だれかが突っつきあって、くすくす笑った。

「だれだあ！　そこで笑っとるのはあ！」

突然、原田校長が、ヒステリックに喚いた。

「この重大事に、笑うヤツは、どいつだあ」

と、叫んだ。高い声が、ひしゃげている。

全員が、しーんとなった。

なんで、校長先生は怒っとるのだ、と、思った。

しばらく、校長先生は黙っていた。

少国民たちは、先生がなんか言うのを、待った。

「畏くも、天皇陛下が……」

校長先生の声は低く、聞き取りにくかったが、悲痛な声だった。

「日本は、敗けました」

ヒーッと、泣きだした。

肩を震わせて、号泣し始めた。

見ると、先生方も、全員泣いている。

細田先生は、わあわあ泣いている。佐藤房子先生は、両手で顔を覆っている。良子先生も、ハンカチで目を拭い、肩が大きく揺れている。

先生たちが泣くので、女の子たちも泣きだした。

何かよくわからないが、昭夫も、悲しくなって、涙が出てきた。

校長先生は、昭夫の家で、ラジオの玉音放送を聞いてきたのだ。

窓の外には、大きなひまわりが三本、強い陽を浴びていた。


戦争は終わった。

谷間の村にも、戦地に行っていた復員兵が帰ってきた。

軍隊調の直立不動の姿勢をとり、

「ただ今、帰りました」

と、いって、敬礼する者もいた。

復員兵の夫や息子を迎えた家では、家中が歓喜に包まれた。

母親が、息子に抱きついて、泣きだす。老いた父親が、後ろの方で涙を拭い、こどもと嫁を息子の方へ押し出してやる。

母親といっしょに前に出たこどもは、けげんな顔をして、知らない「おじちゃん」の前で後ずさりする。抱き上げられて、髭面が痛い、とむずかった。

復員兵たちは、再会を喜び、寄り合って酒を飲み、夜遅くまで話は尽きなかった。

特攻隊で生き残った辻の喜助。

軍艦に乗っていて、撃沈され、一〇時間余も板切れにつかまって漂流し、やっと友艦に助けられた水兵の五郎さ。

内地勤務で高射砲隊にいたが、いくら撃っても、一万メートルもの高い空を、飛行機雲ひいて飛ぶB29には届かん、おらあ、歯がゆくて、悔しくってなあ、結局は、毎日、塹壕《ざんごう》掘りよ、と、吐き捨てた横瀬の斎藤君。

内務班のビンタは、骨にしみたなあ、ひどい古年兵がいてなあ。

いや、軍艦内の精神注入棒もきつかったぞ。堅い樫の木でな、新兵の尻をめちゃくちゃ引っぱたくんだ。

どこかの師団司令部で通信兵をしていた安兄さんは、いつも閣下のそばにいて、かわいがられた。あまりに閣下、閣下というので、「閣下」というあだ名がついた。しかし、年上で、人望があり、すぐに青年団長になった。

奈良航空隊にいた下谷の典夫も、村では、「奈良航空隊」としか、呼ばれなくなった。

あの昔の奈良の都に、いくら戦争中でも、航空隊など、あったのかい、と、みんなは思った。それも、海軍だ、という。

海辺でもないのに。

だれかが聞いたところでは、「山の辺の道」とかいう道沿いの、大きな古墳の近くに、奈良海軍航空隊があったという。昭和二十年にできた飛行場だそうだ。

短い滑走路が四本もあった。

予科練の訓練用で、「奈良航空隊」の典夫は、そこに配属されていた、とのことだった。

インパール作戦でトラック隊の隊員だった橋場の仙ちゃんは、白骨街道といわれた撤退路を、負傷兵をいっぱい乗せて、逃げ帰った。

「マラリアにやられた病兵が多くてなあ。途中、道端に倒れとる兵隊が、乗せてくれって、拝むんだよ、そういうのがたくさんおって、でもな、トラックは満員で乗せられん。顔をそむけて走るほかなかった」

と、うなだれて、話した。

靖夫は、俄か編成の師団に組み入れられ、太平洋岸の某地点で、米軍の本土上陸に備えて、毎日、塹壕《ざんごう》掘りをしていた。

砂浜に近いんで、砂ばかりで、な、掘っても掘っても、崩れて、どうしようもなかった。

頭の上は、米軍の艦載機Ｐ51やグラマンが、朝から晩まで、飛んどって、しつっこく機銃掃射してくる。

砂なんか、実際、掘って、おれん。

「低空できたP51の操縦席で、アメリカ兵が笑っとるのが、見えたぞ」

と、靖夫は、悔しそうに話した。

戦争中、仲の悪かった陸軍と海軍で、負け戦になったのは、どっちのせいか、酒に酔って言い争い、取っ組み合いする輩まで出てきた。

陸軍上等兵の一郎君と海軍二等兵曹の広兄だ。二人は、いつもは仲がいいのだが、このことになると、すぐ興奮してしまうので、村の衆は呆れていた。

大将でも元帥でもないのにねえ。

銃後の話も出た。

樵《きこり》の甚四郎じいが言うには、二十年五月の名古屋大空襲の時は、爆弾の次々爆発しとる地鳴りが、夜中に、村まで響いてきて、障子ががたがた音をたててなあ、怖かったぞ。

ずいぶん遠いのに、よ。たぶん、一〇〇キロはあるずら。それに、結構、長かった。

西の空が、夕焼けのように赤く染まっとったな。

こりゃ、尋常なこっちゃないって、思った。
二、三日は、ここらまでよう、西風に乗って焦げくさい臭いはするし、焼けた紙切れが風に舞っとった。
終戦前に戦死や戦病死の公報の届いた家族は、復員してきた衆や息子の仲間たちを見て、家にこもり、涙をこらえて過ごした。

新しく遺骨の入った箱が届く家もあった。

中を開けると、「故山田輝夫上等兵殿御遺骨」などと書かれた、白い紙が一枚入っているだけだった。

国民学校の原田校長は、終戦のあと、新学期が始まると、三つ揃いの背広に痩せた身を包んで、廊下に全校生徒を集めた。

これからは、民主主義と文化国家建設です、と、校長先生は、高らかに宣言した。

「軍国主義は、いかん。だから、日本は負けたのです」

つい半月前まで、軍国主義だ、「撃ちてし止まむ」だ、とすごい剣幕で叫んでいた校長先生が、「軍国主義はいかん」と、反対のことを大真面目に言うので、昭夫は、驚いた。

「僕」と言っただけで、青筋立てて、あんなに怒っていたのに。

軍隊式でないから、いかん、と、言っていたのに。

「みなさんも、よーく自覚して、文化国家建設のために、よーく勉強しなくちゃ、いかん。いいですね。では、解散」

少国民たちは、朝、登校して、木刀一〇〇回、竹槍一〇〇回、振りまわしたり、突いたりしなくてよくなった。匍匐《ほふく》前進や手榴弾投げなどの軍事教練もなくなって、ほっとした。

校長先生の話を聞きながら、男の子も女の子も、早くヘソ淵かコカ淵へ行って、水浴びをしたいな、と思っていた。

授業が始まると、五、六年担任の細田先生が、習字用の墨を摺りなさい、言った。

複式学級では、二学年が一つの教室に入り、一人の先生が教える。

五年生が国語、六年生は算数とすると、先生が五年生に国語を教えている間、六年生は自習、六年生を教えている時は、五年生が自習となる。

この時は、「修身」の時間だった。

五年生、六年生それぞれ「修身」の教科書を開かせ、これこれのところを、墨で消しなさい、と言われ、昭夫たちは、不思議に思いながら、真っ黒に消していった。

やっと、新しい教科書がきた。

見て驚いた。

表紙がないのだ。そればかりか、二〇頁ほどで、綴じられてもいない。

この時嗅いだ粗末な紙の臭いを、昭夫はいつまでも覚えていた。

これが、原田校長先生の「文化国家建設」の始まりらしかった。


村でも、コックリさんが流行った。

三人か四人が、それぞれ、端を束ねた割り箸の先を持ち、炬燵板の上に広げられた「アイウエオ」の五十音文字を指して、ご託宣を聞くのだ。

人びとは、まだ戦地やシベリアから帰っていない、夫や息子のことを知りたがった。無事かどうか、藁をも摑む気持ちで、コックリさんの指す文字を、固唾《かたず》を飲んで見詰めた。

戦死者の遺族の衆は、肉親たちが、どんな場所で、どんな死に方、殺され方をしたのか、涙をこらえて、見守った。

戦病死と知らされた衆は、さぞかし痛かっただろう、苦しかっただろう、悔しかっただろう、どんなに辛かったことか、と、目を据えて、コックリさんを、何度もやった。

そうした家族の切実な願いをこめて、人びとは熱中した。

そのうち、恋占いや男運、金運など、手軽な占いや遊びとして、猫も杓子もコックリさんに夢中になった。


谷に、活気が戻った。

工場へ行っていた女子挺身隊の娘たちも、帰ってきた。

村の人口が、一挙に五〇〇人に増えた。

青年団が新しく活動を始め、戦死者家族の百姓仕事の手伝いをした。

知生だけで、一八人も戦死者を出していた。

国民学校の運動会も、久しぶりに開かれた。

戦時中は、運動会どころではなかった。

運動場も、全面芋畑だった。

芋の畝の中の狭い通路で、五年生以上は、匍匐前進したり、手榴弾を投げたり、軍事教練ばかりだった。

敵機がきた時、防空頭巾をかぶり、地に伏せて、両手の親指で耳を、ほかの指四本で目をしっかり押さえる。

繰り返し、これらの訓練をしてきたのだ。

復員してきた青年団の衆が、村の衆といっしょに、こどもたちが収穫したあとの芋畑を、総出で、きれいに均《なら》した。

盛大に、運動会が行われた。

朝早くから、ドオン、ドンと花火も揚《あ》がった。

こどもも大人も、久しぶりの運動会に、わくわくした。

万国旗が飾られた運動場に、手回し蓄音機の行進曲がかかり、緊張した顔で、全校生徒七一人が入場してきた。

男の子も、女の子も、元気に走り回った。

機械体操や徒競走のほか、アメリカわたりのフォークダンスもあった。

家族そろって食べるお弁当のお重も、楽しみだった。

綱引きには、引っ張りだされた大人もこどもも、頑張った。

最後は、「地域対抗リレー」だ。

男女とも、幼稚園の子から、国民学校の各学年、高等科、青年から壮年まで、地域ごとに選手を出して、五年生以上は、トラックを一周する。

熱狂的応援が、村中の見物衆を沸かした。

従軍看護婦だった靖子が、飛び出してきた。

扇子を両手にもって、自分たちの地域の応援団長を、派手派手しく始めた。

「チャッチャッチャッチャ　チャッチャッチャ」

見物席は、総立ちで、声をあらん限り出しての応援合戦となった。工場動員から戻った美代子たちの風越し組が優勝し、優勝旗を、文化国家建設の原田校長から、受け取った。


榊原先生が戦地から復員してきて、担任が細田先生から変わった。

或る時、榊原先生から、昭夫たち五年生に声がかかった。

夜、学校の宿直室へ遊びに来るように、という。

先生は、宿直室を住居にしていた。

男女合わせて、一〇人ほどが、喜んで集まった。

「俳句を作ってみよう」

と、先生は言った。

蜜柑を食べながら、唸ったり、便所へ立ったりした。

　独り居や　壁に物言う寒さかな
と、先生が作ってみせた。

一人で宿直室にいて、さみしいから、壁に向かって、「寒いのう」って、言うんだ、と、昭夫は思った。

何か、よくわからなかったが、おもしろそうだった。

この夜は、だれも作れなかったが、次の時からは、みんな、五、七、五と、いちいち指折り数えて、迷句をたくさん作った。

寒の夜　ワンコがワンと鳴いていた
と、静子が詠んだ。
亡父《ちち》の茶に氷張るなり　寒の朝　　昭夫
春雨や　水に輪をかく庭の池　　昭夫
暗闇に　ともし火三つ　ゆらゆらと　　昭夫
両岸に氷張りけり　わるせ川　　幸太郎
水車のとよにかかった　つららかな　　安子
ぴよぴよと　餌をねだるや　ひよこたち　　千絵子
榊原先生の句を、もう一句、昭夫は憶えている。
弁当をもって　鴬の山を行く
五年生の遠足で、へのこ岩へ登った時、弁当に、さつまいも以外、持ってきてはいかん、と、先生は言ったっけ。
或る時、村の衆が話しているのが、昭夫たちの耳にも入った。
深夜、宿直室で、男女の話声がする、とか、人影が二つ見えただの、というのだ。
それどころか、その直後に、電気が消え、真っ暗になった。
これは、怪しい、と、村の衆は噂した。
国民学校の先生は、四人。独身の女の先生は、良子先生から代わった、三、四年担任の沢田貴子先生しか、いない。色が白く、優しい先生で、悪ガキの次郎太に言わせると、「イカス」のだそうだ。

榊原先生は、そのころ、大学受験の勉強をしていた、という。

東京文理大や広島文理大を、受けては、落ちていた。

榊原先生は、或る朝、授業の前に、昭夫たちに、沢田貴子先生と結婚することになった、と、言った。

みんな、「わあーい」と、囃し立て、「おめでとーございまーす」と、怒鳴ったり、拍手したりして、喜んだ。

先生も、うれしそうだった。

その後、先生は転勤し、村を去って行った。

同じ年、東大に合格し、後に芭蕉を研究する偉い学者になった、と聞いた。


昭夫は、昭和十九年十一月、米軍のB29による本土空襲が始まったころ、母の実家のある、この村へ疎開してきた。

父の昭二郎は、赤紙で召集され、前年六月、中国戦線で戦死した。

昭夫親子は、実家に近い家を借りて、落ち着いた。

母の菊枝は、隣り村の国民学校の代用教員となり、バスで通った。

夜は、必死に、教員免許を取るための勉強をしていた。

疎開したてのころ、村の大人たちは、父ちゃんが戦死して、可愛そうに、と、みんな昭夫に優しかった。

しかし、こどもは残酷だ。

第一、「おら」とか「うら」と言わないで、「僕」なんて言うぞ。生意気だ。

着とるものだって、紺の上着に、白いシャツの襟なんか出して、半ズボンに、ズックだ。おらんとうみたいに、下駄や草履じゃない。

学校で廊下を歩いていると、突然、教室のドアから足が出て、転ばされる。

途端に五、六人が上に折り重なって、布団蒸しとなる。

小さい時から野山を駆けまわり、田んぼや畑で働いている村の子には、街っ子のひ弱な昭夫は、とても敵わない。

どうあがいても、身動きできない。潰されちゃいそうだ。

必死になって、目の前のだれかれの、足であろうと、手だろうと、噛みついてやった。

噛みつくので、「蝮《まむし》」というあだながついた。

或る時、県道で、こどもらに会った。五、六人いる。

カラキガサと呼ばれる場所で、一方は崖、もう一方は川だ。逃げ場はない。

昭夫は、県道の手頃な石をポケットいっぱいにつめて逃げ、間をおくと、石を投げた。

村の子より遠く投げられるので、石合戦になっても、これは、うまく撃退できた。

学校で、ピンポンが流行った。

スマッシュやカットが得意で、よく勝った。

しかし、餓鬼大将の広男とする時は、こちらが勝つと、大変だ。

ラケットを昭夫に向かって投げつけ、ピンポン台をひっくり返す。一度は、ネットが破れてしまった。

顔が歪み、目が三角に、不気味に光っている。

だから、広男とやる時は、わざと負ける。

「ちょろいもんだ」

と、広男は鼻高々で、どうだ、といわんばかりに、威張った。


或る夕方、復員服の俊が、懐かしい家の戸口に立った。

痩せて、髭が伸び放題で、すっかり変わっていたが、目は生き生きと喜びに充ちていた。

声をかけたが、だれも出てこない。

深雪も、母親のウメノの姿も見えない。

そこへ、裏庭から見知らぬ娘が出てきた。

「深雪は？」

聞こうとしたとき、ウメノが現れ、

「シュン！」

と、叫び、小走りに走ってきて、俊の首っ玉に抱きついた。

「よう帰った、ほんとに、よう帰った」

と、わあわあ泣きだした。

「おっ母さん」

と、俊も胸がいっぱいになって、しばらくされるまま、じっとしていた。

「深雪は？」

俊は、母親の腕を解き、急きこんで聞いた。

「おらん」

と、ウメノは答えた。

俊には、その意味がわからなかった。どこか、盆作りにでも行っているのだ、と思った。

たそがれが迫り、家のなかにタングステン電球がぼんやりともり、母親の表情もほとんど見えなかった。

相変わらず、村の電気は薄暗かった。

ウメノは、台の上に松の根のアカシをおいて、灯をともした。

一人息子が帰ってきたのだ。

いそいそと食事の用意をした。娘も黙々と手伝っている。

酒を一本つけた。

「熱い方が、よかったの、お祝いだから」

食事の間、そばにいる娘の丸くぽっちゃりした顔が、アカシの灯の影で、ゆらゆら揺れた。

ウメノは、戦地で俊が元気だったか、ひもじくなかったか、怖い目にあったか、などと、聞いたが、深雪のことは、一言も言わず、娘が姪のキクだ、と言っただけだった。

「盆作りか？」

と、言ってみたが、ウメノは、聞こえないふりをし、煙管に火を点けた。

「どこにおるのだ？　深雪は。里か」

何度、聞いても、返事がなかった。

俊は、酒をぐいぐい呑んだ。

キクが、ワラビの煮物や雑魚の甘露煮を、おずおずと持ってきて、そばに黙って座った。

キクは、学校生徒のころ、何度か遊びにきたことはあったが、娘になってからは、初めてだった。

俊が出征してから、一年半近くなるから、もう年頃なのだろう。

翌朝、北の風越山を仰ぎ見て、故郷へ帰ったなあ、知生へ帰ったなあ、と、思った。

こどものころから見て、育った山だ。

その一方、どこかに穴がぽっかり空いているのに、いやでも感じなくてはならなかった。

俊は、伍長の丸兄を真っ先に訪ね、帰郷の挨拶をしがてら、祝言の仲人だった丸兄に、深雪の行き先を聞いてみたが、口ごもって、どっかへ「嫁に行った」と言うばかりだった。

「嫁に？」

そ、そんなバカな。

深雪は、俺の女房だぞ。

どこへ行ったかは、知らんと言う。

丸兄も、急に年取って、なんか、元気がなかった。やはり、戦争の傷あとがあるんだろうな、いろいろ苦労があるにちがいない、と思った。

組の衆にも、仲間たちにも復員の挨拶をした。

組の衆に聞いたところでは、丸兄がおどおどしている理由がわかった。

伍長が、登さに代わったわけだ。

丸兄は、戦争中、隣組組合長で羽振りがよく、大威張りだったのに、戦争が終わって、隣組が解散になった。米や塩、煙草などの配給を、勝手な裁量で依怙贔屓《えこひいき》をしたり、自分のぽっぽに入れたりした悪事が暴かれ、旧組合員に散々罵られて、復活した伍長の席を、温厚な登さに代えられてしまった。

丸兄は、すっかり面目を失って、組の衆の前で物を言えなくなった。これでは、急に白髪が増えるのも、当然である。

みな、無事を喜び合った。

あちこちで、わいわい酒を飲んだ。軍隊の苦労話のあれこれや、こどものころの思い出に、我を忘れた。

しかし、深雪のいない実感が、いつも頭の片隅にあり、胸の奥深くに渦巻いていた。

家にも、家の周りにも、久しぶりに急坂を登ってきた盆作りにも、深雪の顔があった。ちょっとした身体の動きが、仕草が、眼差しやあの艶っぽい、懐かしい声があった。愛しい深雪がいた。

棚田のひょうたんの中の岩に腰かけて、ひとときぼんやり想いに耽った。この岩を、深雪は、おもしろいと言ったなあ。

涙がこぼれた。

林の奥の岩陰にも行ってみた。

木洩れ日の下で、深雪は、恥ずかしいと、身をくねらせたっけ。

青年団や、村の仲間たちに聞いても、どこへ行ったのか、知らなかった。

俊は、深雪の里を訪ねた。

両親は、困惑気味で、言葉少なだった。

ただ、深雪が離縁されたこと、そのわけがわからんので、教えてほしい、と言った。

「どうしてか知らんが、深雪は離縁されて、帰ってきた。……えらく、泣いとった。かわいそうで、親としちゃ、なんとか、してやらにゃならんかった。……あんたは、戦地に行っとって、知らんかったかもしれんが」

自分は、つい二、三日前復員したばかりで、帰ってみたら、深雪がおらんくなっとったんです。

「深雪は、俺の女房です」

今、女房がどこにいるか、教えてほしい、と、強く言った。

「連れ戻す」

と、断言した。

沈黙が、続いた。

やっと、父親が、重い口を開いた。

「元は、といえば、あんたんとこから、離縁されたわけだ。事、ここに至っては、教えるわけにいかんです。

二度と戻らん。……許してやって、欲しい」

結局、俊は、出された茶に口もつけず、帰るほかなかった。

しかし、仲間にさりげなく、また、詳しく聞いて、深雪がいなくなった理由がわかってきた。

母親のウメノが、いびり出したのだ。

姑の言いつけにも素直だし、よく働くのに、なぜか、ウメノは、深雪が気に入らないのだ。

何かにつけ、ああだ、こうだと、ケチをつけ、いびり出した。

あれじゃ、深雪さが、かわいそうだった、と、仲人のおコソ姉がこっそり教えてくれた。

「漬物の漬け方が悪いって、大根の入れ方や塩の振り具合が悪いって、えらい剣幕で怒って、な、そんなの、ちょっと教えりゃ、だれだってすぐ覚えるのに、よ……。深雪さ、家の裏で、泣いとるのを、よく、おらあ、見たぞ」

「おめえが、あんまり深雪を可愛がるんで、一人息子を嫁にとられた、と、思って、妬いとるんじゃ、きっとそんなところだ」

と、靖夫が言った。

俊が母親に、深雪のことを聞くと、

「知らん」

と、言ったきり、ふくれっ面で、何も答えない。

深雪を追いだしたんだって？

「なんちゅうこと、するんだ！」

俊が、怒鳴った。

深雪は、俺の女房だ。

俺は、戦争に行っとったんだぞ。

遊びに行っとったんじゃないぞ。

弾が、ビュンビュンくる。
戦友が、バタバタ死ぬ。
俺だって、死んだかもしれん。
そんなとこから、やっと帰ってきたら、女房がおらん。
追いだしたんだって？　ええっ！
俺の女房だぞ。
キクは、おろおろして、部屋へ隠れてしまった。
俺がどう思うか、考えもせなんだか。
戦争で苦労して帰ってきた息子が、女房がおらんくなって、喜ぶとでも、思っただか。
なんちゅう、母親だ！　鬼婆アだ！
ウメノは、泣きだした。
泣いたって、追いつかんぞ。
俊は、ぷいと出て行き、半月ほど、家に戻らなかった。
それでも、ウメノは、炉端で、煙管に刻みをつめながら、
「わしの気に入らんもんは、息子のためにならん」
と、うそぶいた。
荒川家の嫁に向かん、あのスベタは。
わしの気に入っとらんから、な。

全国の都市が壊滅的に空襲でやられ、焼け野原にバラックがならんだのち、復興の掛け声とともに、普通の住宅や店、工場などが建てられるようになって、杉や桧の木材が大量に必要だった。

材木を満載した木炭トラックが、いかにも重そうに、谷の曲がりくねった県道を下っていくのを、村の衆は毎日、見ていた。

トラックの運転手をしていた雄三が、材木をいっぱい積んだ木炭トラックを、狭い県道の砂利道で運転するのが、どんなに難しいか、首に巻いた手拭いで、汗を拭きながら、俊に話した。

木炭は、力がないので、上がったり下がったり、山坂の多い村の道を上がるのが辛い、途中で止まったら、ヤワだ。道幅もぎりぎりだ。そこへ、対向車のトラックがきたら、どうしようもない。

冬の雪道、凍った道は、おっかなくて、話にならん。

「バスなんか軽いから、あれは、運転が楽だ、遊んどるようなもんだ。バックも、車掌の姉ちゃんがおって、ピリピリって笛吹いて、誘導してくれるし、さ」

俊や靖夫と同級の次郎吉は、少年航空兵に志願していたが、すぐ終戦となり、復員した。

ところが、兄の和雄が戦死していたので、家を継いで、兄嫁のタカといっしょになった。二十そこそこの花婿と三十歳のタカ、兄のこどもも、二人いた。

次郎吉は、最低限、百姓仕事はやったが、よく家を抜け出して町へ出かけた。

映画を見たり、そのころ流行りだしたパチンコに熱中した。赤提灯で酒も覚えた。

靖大らに、若いピチピチした娘を嫁にしたかった、と、よく愚痴をこぼした。

お古はいやだ、おらは、生娘の新品がほしかった、ともいった。


俊にも、大渕の旦那から声がかかり、復員してきた仲間といっしょに、山での杉や桧の伐採、木馬《きんま》や谷流しによる山出し、製材所などで、忙しく働いた。

俊は、実際、腕のいい仕事師だった。

春先には、山に植林に入った。
二、三万本の苗木を仮植えし、時期を見て、大渕の牛に荷物用の鞍をつけて、片側二〇〇本ずつ菰《こも》に包んで、四〇〇本括りつけ、自分も背負板に五〇〇本くらい背負って、一、二キロの山路を登った。
この牛は、俊によくなついていた。

遠くに山脈を見ながらの作業だった。

大渕の田植にも、手伝いに行った。

田の代掻きは、この牛が主役だった。俊は、上手に牛を使った。

牛も、よく働いた。

余所の田植で、代掻きの牛が止まってしまい、脅してもすかしても、動かず、立ったままの姿を、たまに見た。

男衆が、鞭で尻をいくら叩いても、前にまわって、綱を力の限り引っ張っても、梃子《てこ》でも動かない。

牛の使い方が、よくないのか、牛の気持ちを無視して、がむしゃらに叩いて、牛を怒らせちゃっとる、のかなあ。

牛は、頑固者で、こんな時、目が尖がっとる、と、俊は思った。

ねじり鉢巻きの岩男兄が来ていて、涼しい声で、田植唄やおさま甚句を唄った。いい喉だ。

いつも無精ひげである。こどもが五人いる。

昼は、筍ご飯に紫蘇巻《しそまき》が出た。中食には、柏餅や漬物が付いた。

三日後、無事田植が終わると、ご苦労振る舞いの一升瓶に茶碗酒が出た。

おまけに、大渕の姉さんの里の造り酒屋で作った、銘酒「華」の二合瓶を一本ずつもらって、みな、ご機嫌で帰った。

一方、盆作りの棚田も、アテの畑も、ほっておくわけにはいかない。

それには、どうしても、俊一人では、無理だった。

山仕事に出ないときは、暗いうちに起きて、盆作りへのきつい坂を、登って行った。キクも、俊の二歩あとをついて登った。朝から晩まで、黙々と働いた。

アテに行き、野菜を作った。

半年ほど、過ぎた。

酒を呑んだ夜、俊は、キクを蒲団の中に引きずりこんだ。

ウメノは、囲炉裏で夜業をしながら、ほくそ笑んだ。茶を一杯飲み、煙管に火を点けた。

深雪の行き先は、まったくわからなかった。

折にふれ、ひとに聞いてみたが、だれも知らなかった。

役場へも行った。籍は、抜かれていた。

深雪を忘れることなど、できるわけがない。

俺には、深雪がどうしても要るのだ。いっしょに暮らしたいのだ。深雪が、欲しいのだ。

第一、深雪は、俺の女房だ。

大事な、たったひとりの女だ。

深雪だって、そうだ。俺が要るのだ。

昼はいっしょに働き、ときどきは岩陰に行ったりして、夜もいっしょに眠りたいのだ。

ふたりでなにか話したり、抱きしめて唇を合わせたりしたいのだ。

ああ、深雪、俺の深雪、お前は、どこにいるのか。

俊は、絶望した。

日ばかりが過ぎていった。

キクが、妊娠した。

俊は、キクと祝言をした。

新しい伍長の登さ夫婦を仲人に、組の衆だけ呼んだ。言葉少なの祝言だった。

「高砂やー」を唸る人もなく、富雄も酔っぱらわなかった。

ウメノばかりが、はしゃいで、みなに酒を注ぎ、高膳のささやかな肴を勧めた。

どんな手を使ったのか、いつの間にか、キクとの結婚届が、もう出されていた。

その年は、長いこと雨が降らなかった。

田や畑の作物が、枯れては大変だ。

昭夫たちは、白山様の本堂に籠もり、直径一〇メートルほどの数珠《じゅず》を囲んだ。

みんなで数珠を持ち、まわしながら、雨乞いをした。

数珠には、一五センチばかりの重い木の珠がついており、油断すると、隣りから珠が打ちつけられる。

指を挟まれたりすると、ひどく痛い。

こちらも、やっつけようと、狙いながら、雨乞いを続ける。

これが、深夜まで続く。


一番草の時、昭夫は、蝮が田んぼを横切っていくのを、見た。

思ったより短かった。

川のほとりを歩いていると、虎杖《いたどり》の影から蛇が見え、鎌首をもちあげて、三角の頭から細長い舌をチロチロ出した。

怖かった。

岩男兄は、蝮を獲って、尖った石で首を切り、さっと皮を剝いで、肝を口に放りこむ。

滋養強壮になる、と、にこにこしていた。

「昭ちゃん、嚙まれたら、あかんぞ。

湿ったとこの草ん中におるで、気をつけんと」

昔から伝わってきた、盆の跳ね太鼓が復活した。

有名な、知生の伝承芸能だ。

学校の運動場に、村中の老若男女が、集まってきた。

以前は、村の家々をまわって、門前《かどさき》で踊ったものだ、という。

六人の若い衆が、前後二列に並んで、勢いよく跳ねまわる。

「閣下」が中心で、例の陸軍か海軍かで、今でも言い争っている上等兵の一郎君と二等兵曹の広兄も、仲よく跳ね始めた。

動きが激しく、勇壮だ。

裁《た》っ着《つ》けをはき、襷をかけ、額には鉢巻きをきりりと巻いて、草鞋《わらじ》掛け、まるで赤穂浪士のようだ。

大きくて重い太鼓を腰に括りつけ、身体を反り返らせ、弾みをつけて、跳ねながら、力いっぱい打つ。

右手で打ち、左手で打つ。太鼓の縁《ふち》にカッカッと軽く当てる。

「セエーノ」と、叫んでは、右に跳ね、左に飛ぶ。右で打ち、左で打つ。

六人の息が、跳ねが、そろっていなければならぬ。

何より六人の音が、そろっていなければならぬ。

音が、一つに轟き、見る衆の腹に響く。

向かいの山に木魂《こだま》する。

村の衆は、昔からこの跳ね太鼓を楽しみにし、誇らしく思ってきた。

跳ねる若い衆は、村の花形だった。
続いて、盆踊りが始まった。
　そろたそろたよ　踊り子がそろた
　　稲の出穂《でほ》よりよくそろた
と、真っ先に、組の登さが声を上げた。意外と、いいぞ。
男衆が、唄いだす。
　高い山から　谷底見ればヨー
　うりやなすびの　花盛りヨー
　　アレワ　ヨイヨイヨイ
　音頭取る子が　橋から落ちてヨー
　橋の下でも　音頭取るヨー
　　アレワ　ヨイヨイヨイ
「木曽の仲乗りさん」から、「月は出た出た」の炭坑節、ついで、
　草津よいとこ、一度はおいで
　お湯の中でも、こりゃあ、花が咲くよ
　　チョイナチョイナ
と、だれかれとなく、次々に、のど自慢も下手くそも、唄い継いでいく。
可愛いおべべに駒下駄の女の子もいれば、野良着のまま、ねじり鉢巻き、くわえ煙草で、地下足袋の男

衆もいる。首に手拭いを巻いている。
娘たちは、赤い花模様の浴衣だ。女衆も、家で着古した浴衣姿が多い。
俊も誘われて、輪の中へ入った。
　一つとセエノ　サノエ
一つ本所の桑の町　おるよと吉三の住まいどこ
　彼の女かいな
　一つとセエノ　サノエ
一人きょうだいいる中へ　押し分け忍んで恥ずかしや
　彼の女かいな
と、「数え歌」が、延々と続く。
のど自慢の岩男兄は、「さんさ」だ。
さんさ振れ振れ　六尺袖を
親が見たなら
　さんさ　うれしかろ
さんさ振れ振れ　六尺袖を
袖の振りよで
　さんさ　嫁にとる
やはり、ひと際目立つ、惚れ惚れする唄いぶりだ。

組のお春姉も、高い声を張り上げた。
　月の出ごろと約束したが
　　お月ァ山辺に　わしゃここに
一杯機嫌の若衆が、意外とうまい。
せっせ踊りは　切ない踊り
腹のややさを　もみ下げる
　ヨイト　セッセノ　ドード
今夜来るときゃ　裏からおいで
表ャ車戸で　音がする
　ヨイト　セッセノ　ドード
男衆も、引っこんではいない。
秋はきたとて　鹿さえ鳴くに
　なぜに紅葉は　色づかぬ
姉はきりしま　妹はさつき
　さつき負けるな　きりしまに
姉がさしたで　妹もさせる
　同じ蛇の目の　唐傘を
主さどこ行く　ねじ鉢巻で

　生まれ在所へ　種蒔きに
二つ出たホイノ
　ヨサホイノホイ
一人娘とやる時にゃ
　姉の方から　せにゃならぬ
おまえ一人と定めておいて
　浮気ャ　その日の出来心
岩男兄が、まとめる。
　おまえ百まで　わしゃ九十九まで
　　ともに白髪の生ゆるまで
こどもからじいさん、女衆も夢中で踊った。多い時には、二周りも三周りも、輪ができた。夜明けまで、途切れることはなかった。
祭りの神輿も復活した。戦時下では、大きな重い太鼓をもって跳ねたり、神輿を担ぐ青年たちがいなかった。
巡回のナトコ映画もまわってきた。会場は、やはり学校の教室だった。
田中絹代、上原謙の「愛染かつら」や阪妻（阪東妻三郎）の「無法松の一生」などの古い日本映画を上映したが、画面は初めから終わりまで雨が降っている上、しばしばいいところでフィルムが切れ、「あーっ」という観客の溜息が洩れた。

技師は、慣れた手つきで、映写機のフィルムをつないでいた。いつも、フィルムは切れるのだ。

添沢温泉「山の家」に、満州からの引き揚げ孤児が二〇名ほど、きた。

「病気の子、栄養失調の子、どの子もこの子も、可哀相な子ばかりでねえ」

と、女将は、大渕の姉さんに話した。

この子らを何とか元気にしてやらなくちゃ、と、必死に働いた。山羊を飼い、あちこちの村の衆から芋、ツトキビ、豆や野菜を譲ってもらった。

転んで怪我をした子がいた。

なかなか治らなかった。

女将は、遠く老津《おいっ》という町の評判のいい医者のところへ、満員電車を乗り継ぎ、駅からはおんぶして、つれていった。

老医師は、「お父さんやお母さんのいない子だから」と、治療費をとらなかった。

「こんな医者も、いるんだねえ」

と、感心して、女将はみんなに話した。

怪我は、すぐに治った。

一年ばかりのことだったが、元気になった子らとの別れは辛かった。

大渕の旦那の家で、柿剝《む》きがあった。

知生は、串柿で有名だった。

秋も深まるころ、あちこちの軒先に、柿すだれがかかり、日に映えて、里の温みを醸し出していた。

不思議なことに、柿のならない谷もあり、この地方のすべての土地に、柿取りがあるわけではない。

また、柿には、隔年で、生《な》り年と生らない年がある。

俊にも声がかかった。

朝早くから、男衆が急な山襞にある柿畑に、出かける。

周囲一尋《ひろ》もある大木ばかりだ。びっしりと澁柿の実がなって、壮観だ。

「柿取り竿」と呼ばれる、鉤《かぎ》のついた長い竿で枝を揺すると、ぼとぼと落ちる。それを、女衆やこどもが拾い、菰《こも》一杯の柿を背負板で家まで運ぶ。

運びこまれた柿は、広い土間の筵《むしろ》の上に山と積まれ、大勢の女衆とこどもらが布を片手に、蔕《へた》をとって、座敷に投げ上げる。

十二畳の座敷二つをぶち抜き、畳をあげた板の間の上に、筵が敷かれている。

見る見るうちに、柿が大座敷いっぱい、高さ三尺にもなる。

それを、柿取りが終わって帰ってきた男衆から、柿の山を取り囲んで座り、剝きにかかる。すぐ三〇人にもなる。山は、向こう側で剝いている衆が、見えないほどの高さだ。まだ、昼餉前だ。

丸く曲がった、独特の柿剝き用カミソリを使う。くるくるっと、二、三回まわして、あっという間に剝いてしまう。

俊も、小さい時からやっているので、なかなか上手い。

のど自慢の甚四郎じいが、柿剝き唄や草刈り唄を謡いだす。

岩男兄も、時には、お春姉も、盆唄やら、民謡に高い声を張り上げる。

これが、昼前から夜中まで、柿の実を全部剝き終わるまで、延々と続く。

組の女衆は、大渕の広い台所で、大奮闘、もうもうと湯気があがっている。朝の茶の子（仕事前の軽食）から始まり、朝餉《あさげ》、昼餉や夕食、夜食などの準備、接待で、大忙しだ。

夜半、やっと残り少なくなったころ、夜食が出る。

大抵、人参、牛蒡などの入った混ぜご飯に、赤味噌の味噌汁に漬物が付いた。今夜も、美味いと、俊は、思った。みんな、腹が減っていて、お代わりをした。

人びとは帰りはじめ、俊も帰った。

数人が残り、串刺しをする。

一人二人が、柿を刺した串を片っ端から、縄に連ねて、裏の高い横棒にぶら下げる。

「朝、お天道《てんと》さまが、この柿すだれを見て、びっくらするずら。ゆんべは、一つもなかったからのう」

これが、毎年のように言われる一つ言葉だ。

翌日、朝までにすべて、終えてしまうのだ。

そうしないと、次の家の作業に差しつかえる。

柿取りの日が雨になると、柿の木が滑って、登れない。

柿の時期になると、柿農家が集まって、順番の日取りを決め、共同作業をするのだ。

今年、大渕の柿剝きは、男女合わせて、総勢五〇人だった。

柿畑を持っている人たちは、互いに相手の柿剝きに出かけて、人手を出し合う。「手間返し」といい、一日男衆が来れば、一日男衆で返す、女衆が来れば女衆、二人来れば、二人返すのである。

つまり、「結《ゆ》い」の間柄だが、俊たちは、柿畑を持っていないので、現物や人工賃《にんく》でもらう。「手間返し」や「結い」は、田植や大屋根の葺き替えなど、一時に大勢の人数がいる場合に助け合う、昔からの村の仕組みだった。

俊は、眠そうな顔で帰り、茶碗酒を一杯飲んで、板戸の中に転がりこんだ。

柿取りの前の作業も、大変のようだった。

山から孟宗竹を伐りだし、節のない部分を割り箸くらいに切って、割る。

炉燵板の上に、削り台を乗せ、切り口を四角にする。

旦那から姉さん、和枝、幸枝姉妹の二人も、家中夜業になるそうだ。近所の女衆も、手伝いにきた。

長男の凜太郎は、大学へ行っていて、いない。

最後に、釜に入れ、茹《ゆ》でて仕上がりだ。

およそ、五千本くらい必要だという。

干しあがった串柿は、一串四個ものと五個ものがあり、二〇串ずつ背中合わせに並べて、藤蔓《ふじづる》で堅く縛る。藤蔓は、丈夫で、乾くと、引き締まるのだ、という。

俊は、藤蔓のことを聞いたとき、昔の人の知恵に、感心したものだ。

これを、二枚合わせて、一カサと呼び。一〇カサを一菰《こも》といった。

終戦後、砂糖のないころで、干し柿は、高値で、飛ぶように売れた。

昭夫は、新制中学一年生になった。

母親の菊枝も、念願の教員免許の試験に合格し、晴れて、同じ小学校の教壇に立っていた。

中学の校舎も、やっとできたばかりだ。

一年生が一二人、二年が一四人、三年が四人の、全校三〇人だった。

人数が少ないので、町の中学の分教場である。

入学式や卒業式、運動会などの行事の時は、一里半の県道や山坂を歩いて、本校へ行く。

知生分校の主任は、神山一平先生。

ニューギニア戦線から復員してきて、服装は、いつも陸軍中尉の軍服だった。

戦場では、米軍の執拗な攻撃にさらされ、海岸部の湿地帯を逃げまわった。マラリアに倒れる兵も多かった。怖ろしい首狩り族といわれていた原住民は、親切で、いつも助けられた、という。

月曜日から土曜日まで、本校から一里半の山道を自転車で、毎日一人ずつ、各教科の先生が通ってきた。

雨の日や雪の日は、大変だ。

原田先生は国語と漢文、鈴木先生が数学と理科、藤原左衛門先生は習字、荒川先生は社会と職業、図画、三朗先生は音楽と体操。

主任の一平先生は、英語の“Jack & Betty”をはじめ、時により何でも受け持った。

複式学級である。

先生がいつも二人なので、一人の先生が一つの教室で一年を受け持つ時は、もう一つの教室で、別の先生が二、三年を教える。

二年生に国語を教え、三年生は、自習だ。三年生を教える時は、二年生が自習となる。国民学校の時と同じだ。

また、先生一人で、全員をいっしょに、教えることもある。

春と秋には、一週間、農繁休暇があった。

春は、田植の準備で、昭夫たちは、目が回るほど忙しかった。

秋は、稲刈りが待っていた。

昭夫たちは、毎日、日記をつけるよう、一平先生に言われた。

地球は、太陽系の一惑星であるが、太陽系そのものが、何億光年もの広さをもつ広大な宇宙の中では、原子のように小さい。

しかし、地球上の原子の中にも、超微細な宇宙があって、何億光年もの広さがある。惑星をもった星が無数にあり、その一つに、人間のような生物が生きているかもしれない。

などと、昭夫は、日記に書いた。

昭夫は、榊原先生に教わった俳句がおもしろくて、日記帳に、俳句をたくさん書きこんだ。

中学一年生の時の展覧会に、昭夫は、俳句壁掛けを出品した。

縦半分に切った半紙に、俳句を筆で書き、二〇枚二〇句を、板に綴じたものだ。

それを見た大渕の花子姉さんが、町の句会に誘ってくれた。

昭夫は、月に一度、日曜日に、出かけるようになった。

場所は、小学校の裁縫室で、学校の先生二、三人と、お寺の奥さんや造り酒屋花菱の主人、役場の助役、ほかに、二里ほど離れた村の耕人さんと金物屋の風人さん、といった人びとだった。

こどもは、中学生の昭夫一人だったので、みんなから、可愛がってもらった。号がいるというので、「寂陽」と付けた。

俳句も、いろいろ、親身な批評や励ましをもらい、いつも楽しかった。

夕靄《もや》の谷間に　竿の動き見え
新緑の間を　川の縫ひて行く
遠山の疎林　にわかに春の山
滝の音　心底に聞く思ひあり
船旅や　夕陽の染みし雲の峰
雲の峰　原野の緑荒れしまま
釣瓶《つるべ》繰る　乙女の影や　月おぼろ

これらは、みな、昭夫が兼題や席題に出した句だ。

花子姉さんの号は、「華苑」、その名にふさわしく、華麗な句が多かった。

兼題で、「天」をとった句は、

雉鳥の　朝陽を浴びて飛び立ちぬ

みんなが、「いやいや、さすが、華苑さんらしい」と、言った。

豪勢だねえ、雉の羽は、紫や青色が入りまじっとって、光沢がある。それが、陽光に輝いているんだ。

朝の雰囲気がよく出とる、「飛び立ちぬ」で、躍動感があり、音まで聞こえる、との声が上がった。

兼題は、有名な俳人の富安風生先生の選を仰いでいた。

虚子に師事、芸術院賞を受賞した「ホトトギス」直系の俳人である。

毎回出席する常連の中で、群を抜いて目立っていたのは、耕人さんと風人さんだ。

これは、見物《みもの》だった。

耕人さんは、ホトトギス派の「花鳥諷詠」。

山や川に囲まれた自然の中で、田んぼや畑を作っており、四季の移り変わりや、その中で生きる歓びを、素直に句に託せばよい。

季節の移ろいは、作物の成育に直結し、敏感に読みとらねば、百姓はできない。句を詠むのも、当然、四季とともにあるわけだ。

季語は、まことに昔の人が作った、知恵の塊じゃ、という。

それに引き換え、町で金物屋をやっている風人さんは、そんな「花鳥諷詠」なんぞ、糞喰らえ、と、これも激しい。

世の中には、「風」というものがある。朝鮮戦争だの、金ヘン、糸ヘンだの、何だかだで、「風」によって、小店は、いつもそよぐのだ。

「はう、風ねえ、よほど、風がお好きと見える。

それで、風人サンか」

と、耕人さん。

家の金物だって、バケツをな、一度買っちまうと、もう買いに来ん。

「バケツなんか、二コも三コも、いらんもんなあ」

と、嘆息した。

世の中は、いつも動いとって、不安だらけだ。

そのそよぐ「風」を詠むのが、俳句じゃ。自分の気持ちを、心の叫びを詠むのだ、謳うのだ。

のんびり、「花鳥諷詠」なんどと、言っとられんぞ。

そういうのは、旦那芸といって、な、あってもなくてもいい、「屁」のようなもんじゃ。

「参ったか」

と、最後に、でっぷりした風人さんは、太い声で笑った。

耕人さんは、痩せて日に焼けた顔で、

「なんじゃと、俳句のわからん御仁と話をしても、しょうがないがの。

俳句は、愉しむもんじゃ。それを、風人さんは、理屈で捻じ曲げとる。

つまり、俳句の本質を見損なっとる。困った御仁じゃ。……何とかにつける薬はないからなあ。仕方がないから、一杯飲《や》るか」

風人さんの店の奥で、二人は、一升瓶から、茶碗酒を仲よく飲み始める。

しかし、昭夫は、ひそかに思った。

「在《ざい》」(村)に住んでいる人間と、「町」の人間の違いがあるようだった。

「在」の衆は、田地田畑、山林を持ち、悠然と構えていた。

風人さんは、小商人《こあきんど》と、言っているが、町では立派な商店で、町の行事や祭りに熱心な、文化の担い手だった。

「町」は、「在」より上だと、思っているようだった。

「町」が「在」を支配しているので、役場も警察署も消防署も、みな、「町」にあるではないか。

ところが、耕人さんは、田や畑、山で、汗する者こそ、本当の人間で、「町」の人間は、自分で物を作らないで、動かして利ざやを取るだけの人間と、思っとる。

ここが、決定的な別れ目だが、二人は、大の酒好き、大の仲良しだった。

句を作っては貶しあい、酒を呑んでは相手をからかって、楽しんでいた。

「俺は、武家の出じゃ。ここらの町にも村にも、武家の系統は、俺一人しか、おらん」

と、息巻いている酒呑みがいた。

働きもせず、山の材木をときどき伐り売りして、暮らしていた。

系図がある、といって、町の衆に見せては、自慢していた。

町の衆は、だれも相手にしなかったが、年取った衆は、先代が知ったら、嘆くだろうよ、先代は立派な人だった。町にも郡にも、いろいろ貢献した。町の人も何やかや助けてもらった。

「町の有志で銅像を建てようって、話がでとるのに、のう」

と、呆れていた。

先代の高階惣之介さは、武士の子孫だなんて、一言も言ったことはないぞ。おら、聞いたこともない。

そんなこと、知らなんだなあ。

「徳川三百年、武家は、百姓町人に、よ、何をしたんじゃ」

と、酔っぱらった耕人さんは、息巻いたものだ。

「苛《か》斂《れん》誅《ちゅう》求《きゅう》！」

と、風人さんが太い声で、応じた。

しかし、この二人は、とりわけ、昭夫に優しかった。

季語ありでも、「風」でもなんでもいい、昭夫君の詠みたいように詠むがいい、若いもんは、自分の思うようにやるがいいんだ。

「のう？」と、風人さんが言うと、

「応《おう》だ」と、耕人さんも、断言した。

冬の日、枯れた灌木の木々の間を、「チー、チー、チー」と、鳴いて、小枝から小枝へ動きまわる小鳥がいた。

昭夫は、茶褐色のそのミソサザイを見るのが好きで、一句詠んだ。

ミソサザイ　小藪の中の大宇宙

中学卒業の時、昭夫は、自分の詠んだ俳句や和歌、詩などの数を数えてみた。

俳句	国民学校五、六年	一二句	
	中学二年	一〇九句	
	中学三年	一三七句	合計二五八句

和歌	国民学校五、六年	五首		
	中学二年	一二首		
	中学三年	八首	合計	二五首
詩	中学二年	四篇		
	中学三年	五五篇	合計	五九篇
漢詩	一篇			
英詩	二篇			
童謡	一篇			
歌詞	三篇			
短篇小説	三篇			

俳句は、何か、物足りなさを覚え、もう、詠むのはやめよう、と決めた。
詩が一番、自分に合っている、まだ、詩になっていないけど、と思った。

昭夫は、耕人さん、風人さんの話を聞くずっと前、句会の帰りに、町を見下ろす高台の家に、先代の高階惣之介氏を訪ねたことがある。亡くなる少し前だった。

見晴らしのいい廊下におかれた藤椅子のセットに通され、お茶とカステラが出た。

廊下の奥は、天井から下まで作りつけの本棚となっており、全段びっしりと雑誌『中央公論』が並んでいた。薄クリーム地に、誌名が黒く縦書きに印刷された表紙が、印象に残った。

高階さんは、もう相当な老人で、杖をつき、嫁さんらしい中年婦人につきそわれて、出てきた。着流しの着物姿に灰色の髭を伸ばしていた。

おだやかに、柳田国男先生の話をしてくれた。高階さんたちが先生の勧めによって出していたガリ版刷りの民俗誌『設樂』に、柳田先生ご自身が長い論文をよせてくれたときの感激を、昨日のことのように、話した。

「君は、将来、何になりたいんだい？」

と、老人が聞いた。

「詩人です」

昭夫は、思いきって答えた。

「ほう、末は大臣か、社長か、ではないのかね。それは、いいや、しっかりやりたまえ」

と、老人は、励ましてくれた。

雪が積もって、朝陽が当たると、目が痛いほど、眩しい。

稲の稲架には、やかましく雀が群れている。

昭夫は、「たんとき」をした。

稲架の下に、籾をまいて、浅い盥をその上に伏せ、端に糸をつけた割り箸で、持ち上げて置く。糸を伸ばして、指に掛け、物陰から、雀の来るのをじっと待つのだ。

人が見えなくなると、雀は、すぐやってきて、籾を啄《ついば》み始める。

昭大が、糸を引く。

おもしろいように、獲れた。

丁寧に羽毛を取り、串にさして、囲炉裏で焼く。

醤油のたれに浸す。匂いが香ばしい。

頭の脳味噌や骨が格別にうまかった。

時には、村田銃に玉の一番小さい五号鉛弾をこめて、稲架下に落ちた籾を啄んでいる雀に向かって、ずどんとやった。一〇羽、二〇羽は、すぐに、獲れた。


「どっかの川に、な、一億羽の雀がやってきて、空が真っ暗になったたっちゅう噂だぞ」

と、横瀬の斎藤君が言った。

「一億羽？　そんな、ほんとか？　まさか、……千羽か、一万羽の間違いじゃないか」

「ほんとだって、よ」

ほんとだとすると、稲、全部やられちゃうなあ。

ここらまで、くるかもしれん、と、「奈良航空隊」が心配そうに言った。


梅雨が明けたころ、町の若い坊さんが、檀家衆の法事で村にやってきて、大渕の旦那のところへ挨拶に寄った。

家の裏にいた旦那といっしょに、川原に下りて、涼しい川風に当たっていると、蝮が鎌首を上げて、こちらを窺っている。

「わしが蛇を睨《にら》んどるから、あんたは、この棒で、やっつけとくれ」

と、旦那が言って、はっしと蝮を睨みつける。

坊さんは、棒で蝮の頭を叩きつけた。

蝮は、頭を打たれ、ぐったりした。

無事、蝮退治をして、家に持ち帰り、こもごも話した。

「わしの睨みが効いて、ヤツは、動けんくなった。そこを、坊さんが、見事仕留めた」

「いや、まぐれだで、ね。実は、怖くて、目エつぶって、力いっぱい叩いたら、たまたま当たっとったんで。

それにしても、殺生しちまって、僧侶の身で取り返しのつかぬことを。

寺へ帰って、和尚さんに怒られる」

と、しょげて帰って行った。

旦那は、蝮の皮を剝き、鰻のように開いて、網デッキで焼いて、みんなで食べた。

身体にいいのだ。精がつく。

何より、香ばしくて、美味い。

蛇といえば、大渕の蔵には、大きな青大将が棲みついている。

鼠が、米俵の米を食い散らすのを、この太くて長い蛇は、追い払ってくれる。

米の守り神だ。

太吉兄は、昭和十六年ごろ、赤紙がきて召集され、中国戦線からフィリピンへと転戦し、終戦後、なんの音沙汰もなかった。

生きているのか、それとも、……と、女房の夏姉は、気が気ではなかった。

出征した村の大勢の衆が復員しているのに、家の旦那は、帰ってこん。

村で、十何人か、いや、もっと死んどる。

悪いことばかりが、頭をよぎった。

こどももなく、姑も早く亡くなり、夏姉は一人で住んでいた。

組の衆と、コックリさんを、何度も何度もやった。

「タキチ　カエル　シンパイ　イラヌ」と出て、喜んでいたら、

「ワカラン　ワカラン」と出て、打ちひしがれた。

夏姉は、まだ、三十そこそこで、男好きする顔をしていた。つやつやした、肉感的身体つきだった。

わざとなのか、無頓着なのか、これ見よがしに、肌を男衆に見せつけた。

「女が、むんむんしとる」と、舌なめずりする衆もいた。

夜、夏姉は、家で一人、酒を飲んだ。

そのうち、男衆が一升瓶を下げて、こっそり訪ねてくるようになった。

男衆が、鉢合わせすることもあった。

それでも、夏姉は、「ガマン」していたようだ。

ひそひそ話が、伝わった。

だれかが、夏姉をどこかへ連れて行ったげな、という話が流れた。

さも見てきたように、言いふらす衆もいた。

だれなのか、わからなかったが、夏姉のこれ見よがしの色っぽさからいって、夏姉の方から仕掛けたにちがいない、と、村の衆は噂した。

そこだけは、村のだれもがそう思った。

長いこと、旦那が戦地に行って、留守だから、夏姉は、男に飢えちまって、我慢できんように、なっとったんだ。

煙も見えないのに、火がついた火がついた、と騒ぎになった。

太吉兄の身になってみろよ、好きで戦争に行っとるわけじゃないぞ。浅ましいこった、というじいさまもいた。

噂になった男衆の女房が、こどもを背中にくくりつけ、血相変えてやってきて、夏姉を責めたてた。

あまりにキイキイ喚くので、夏姉も、売り言葉に買い言葉を、放ったらしい。

「ああ、ヤッとるよ、悪いか。

第一、減るもんじゃないし」

と、言った、とか、言わなかった、とか。

「嫌だったら、旦那の見張でも、せにゃあかんぞ」

とまで、嘲笑った、という。

女房が、組の女衆に、内緒の内緒と言って、涙ながらに話したので、一気に広まった。

噂ばかりが飛びかったが、真相はわからず仕舞いだった。

太吉兄が、無事帰還した。

夏姉は、人前もかまわず、髭面の太吉兄に抱きついて、わああ泣いたという。


今夜は、恵比寿講だ。

俊の家が、当番である。

組の衆が、集まってきた。

伍長の登兄が、仏壇に向かって正面に座り、鉦《かね》を叩きながら、

「南無青面金剛《ナムショウメンコンゴー》」

と、唱える。

他の衆が唱和するが、笑っては、いけない。

笑ってはいけない、となると、いくら我慢していても、おかしくて、しかたがなくなり、ぷっと吹きだしたり、一人が笑いだすと、つられて、みんな笑いだしてしまうから、不思議だ。

「ナム……」と、登兄が唱えだしただけで、お春姉は、もう、笑っちゃう。それでまた、みんなが笑う。

終わると、キクが、男衆には一升瓶と茶碗酒、女衆には熱いお茶と蒸かしたさつまいもに漬物を出した。

ひとしきり、村の噂話などして、みんなは、帰っていった。


俊とキク夫婦は、最低限必要な田や畑の話からはじまり、付き合いや日常の会話も、するようになった。

やがて、こどもが生まれた。

俊一と名づけた。

家に来たころ、キクは、ウメノを、伯母ちゃんと呼んでいたが、こどもができてからは、ばあちゃんと呼ぶようになった。

二人目は、女の子だった。

冬子と名づけた。

キクも、すっかり女房らしくなり、無口の上、気性もおっとりしていて、俊も、そんなに無礙《むげ》にしなくても、いい感じだった。

ただ、なんとなく、物足りなかった。昼でも夜でも、俊は、どこか、浮かぬ顔をしていた。

それが、女にはよくわかるらしく、深夜、かまどのところで、キクがしくしく泣いていることがあった。

その気配がわかっていても、俊は、どうすることもできなかった。かわいそうだ、とは、思ったが、どうこうする気にならなかった。

「おい、酒だ」と、俊は、怒鳴った。

このころ、老朽化した村の発電所から、電力会社の配電に変わった。

電気が点いた初めての夜、あまりの明るさに、こどもたちは、歓声をあげ、目を見張った。村のあっちの家でも、こっちの家でも、深夜まで、障子があかあかと照らしだされ、ざわついていた。

組の女衆も、夜の家事や夜業、こどもの服や野良着の繕いがしやすくなった、と喜んだ。

が、ばあちゃんたちは、顔の皺が見えすぎる、といって、恥ずかしがった。

或る日、若い男女が駆け落ちして、村を騒がせた。

街から疎開したまま、戦争が終わっても、戻る当てもなく、村にへばりついていた親子が、百姓仕事も山働きもできず、暮らしに困って、隣家の「ぼっとり」（簡単な水力精米小屋）でついている米を、ときどき盗んだりしていた。

その長男の太一郎が、そいつが、小学校の代用教員をしていた辰子をそそのかして、連れ出し、どっかへ逃げた。

辰子は、半年ぐらいで、男に捨てられて、帰ってきた。

辰子は、気立てのいい、きれいな娘だった。

村の衆は、同情半分、好奇心いっぱいで、噂の花を咲かせた。

噂には付きものの尾ひれが、ついてまわった。

親は、いたたまれず、辰子を遠くへ嫁にやってしまった。

新制中学に通っていた昭夫は、以前からよく辰子の夢を見た。

辰子は、白い馬に乗っていて、昭夫などには目もくれず、颯爽と牧場を駆けていた。

辰子の不幸は、悲しかった。

俊は、大渕の旦那の仕事で、風越の一里ばかり奥の草刈り場へ通った。

百カサボロと、呼ばれていた。

細い急な山路を長々と登って行き、尾根道から谷に下り、木橋を渡って、遡《さかのぼ》ったところに、百カサボロはあった。

傾斜が強く、大きな岩も露出していてなかなか難儀なボロだったが、日当たりがよく、草も木も育った。

真夏の草刈りは、大変だ。

夜明け前に家を出て、朝、涼しいうちに仕事を始める。

大きな下刈り鎌を振りまわして草を刈り、太い木は、腰につるした鋸《のこぎり》や鉈《なた》で切り倒す。

ススキの鋭い葉は、剃刀《かみそり》みたいで、手や足に切り傷が絶えない。

陽射しが強く、夏の叢《くさむら》は湿気を含んで、顔や背中ばかりか、全身、汗でぐっしょりとなる。

ススキの切り傷が、汗で塩もみされて、ピリピリ痛む。

そこへ、弾丸のように、大熊蜂《おおくまんばち》が、まっしぐらに、突っこんでくる。

刺されると、ひどく腫れあがり、痛み、死ぬことさえある。

傾斜の厳しい場所で、足場をしっかり固め、草や木と格闘しながら、大熊蜂の襲来を、いつも警戒していなくてはならない。

昼餉のあと、二時間ばかりは、身体を消耗するばかりで、仕事にならないので、木陰に入って、休む。

俊たちは、大抵、昼寝だ。

刈った草は、大きな束にして、五、六足まとめて縦に干しておく。

翌年の春先、草が枯れたころ、俊は、大渕家で飼っている牛を追って、百カサボロへ登って行く。苗木を運んだ、あの牛である。

木の根や尖った岩角が露出した、険しい山路だ。

崖の中腹を横切ったり、九十九折に折れ曲がって、上り下りする。

谷川脇の、路のないところさえある。

牛は、用心深く、木の根や岩角を器用に避けて歩く。

俊が、鞭の代わりに持っている小枝の先を、ちょっと触れるだけで、歩きだしたり、止まったりする。神経が細かく、敏感に反応する。忠実だ。

百カサボロでは、干し草を、牛の背の両側に、三束ずつ計六束、これを、一段《いったん》といった、を、しっかり括りつけ、自分も二束背負って、険しい山路をともに下った。

重い荷を負った牛は、滑りやすい山路を、さらに用心深く、木の根を跨ぎ、鋭い岩角を避けて、足を運んだ。

急な下り坂は、前足に重心がかかるため、荷の重さに耐えながら、一歩一歩左右の足を出した。その度に、重い荷が左に振れ、右に揺れた。

そこを通過すると、「ふーっ」と、大きな息をした。

いつも、牛は、実に細心の足の運びをするのだ。

俊は、後ろから、牛の尻を手で優しく叩き、撫でてやらずにはいられなかった。

枯草は、あちこちの田んぼに運び、田起こしのあと、断裁用具の押し切りで細かく刻んで、土のなかに入れ、堆肥にするのだ。

俊は、この牛といっしょに山へ登るのが、いつも楽しみだった。

気性がおとなしく、目が大きくて、優しい。

牛は、ちゃんと俊を覚えていて、久しぶりに会うと、「もーっ」と鳴いたり、どうかすると、顔を俊の身体に摺り寄せてきた。


演芸活動も盛んになった。

演芸会は、夜、学校の教室を二つぶち抜いて、開かれた。

教壇を三つ重ねて、舞台を作り、机や椅子を片づけた板の間が、観客席である。学校中のタングステン電球が、一、二年、三、四年、五、六年の複式学級だから、三教室分だ、明々と光を放っている。

日暮れごろ、村人たちが、三々五々やってきた。

一家できた家族は、持参した座蒲団に、ちゃんちゃんこや毛布を膝にかけてくつろぎ、さつまいもや蕎麦饅頭、里芋や牛蒡、人参の煮ものに漬物、こどもの喜ぶ駄菓子をつめこんだ重箱を広げる。みんな、ほんとに久しぶりの村の「芝居」に、にこにこ顔だ。挨拶や大声が乱れ飛び、笑いがはじけて、賑やかだ。

一升瓶を持ちこみ、コップ酒を、早速回し飲みし始める連中もいる。金歯《きんば》が、スルメを噛んでいる。

地芝居の弥次郎さは、金歯が口からはみだしとる、と、みんなから言われ、通称金歯の弥次郎だ。

満員の盛況である。

学校の始業ベルが鳴った。さあ、始まるぞ。

最初の演し物は、特攻隊帰りの喜助、水兵の五郎さ、「奈良航空隊」の典夫が、軍帽に兵隊姿で、もちろん五郎さは、水兵姿だ、登場、肩を組んで、「同期の桜」を歌った。

ついで、従軍看護婦から帰ってきて保健所にいる靖子が、「東京ブキウギ」を、笠置シヅ子調で、振りまでつけて見事に歌い、みんなを驚かせた。

高射砲の斎藤君が、派手なワンピース姿に女装して、「リンゴの唄」や「東京の花売り娘」をヘンマ調のダミ声で歌い、これには、みんな耳に栓をするほかなかった。野次がやかましかった。

小さいこどもたちが、舞台に並んで、「これこれ、杉の子、起きなさい」と一生懸命に歌って、そのかわいらしさに、会場全体が大拍手をした。

じいちゃん、ばあちゃんなど目を拭った。

知生では、復員した男たちが競って、杉や桧、松を植林していた。

童謡「お山の杉の子」は、この谷の応援歌だった。

海軍工廠の空爆で命が奇跡的に助かった風越の美代子が、口紅を真っ赤に塗り、赤いネッカチーフを頭にかぶって、低い声で、「ホーシの流れにイ、身を占らなーアってエ……」と、歌いだすと、会場はしーんとした。歌は感情をこめて続き、「こーんな女にイ、だーれがしたーアア」と熱唱して、やんやの喝采を浴びた。

「奈良航空隊だあ」の一声、みんながどっと笑った。指笛が鳴り、会場がざわめいた。美代子は、「奈良航空隊」の典夫と最近、ロマンスの真っ最中という、もっぱらの噂だ。

「俺に、唸らせろって、やかましい人がいますので、ご紹介します」

と、舞台の袖で、「閣下」が大声で、言った。

「お題は、『石松代参』、『石松代参』でございます」

金歯の弥次郎さが、舞台に、自分で机をもって現われた。

「〽旅行けば……」

と、扇子で机を叩きながら、唸り始めた。

なかなか聞かせる、塩辛声だった。

じさま、ばさまらは、涙を流さんばかりに、聞き惚れた。

年寄り衆には懐かしい、さわりだった。

節回しもいいが、風雲急を告げる語りもいい。

昔は、浪曲節語りが、村にも回ってきたもんだ、と、隣り同士、ささやきあった。

「よう、虎造！」の声。

「あーアあん、あーアあん」

と、早口で畳みかけて、扇子で発止《はっし》と机を叩き、

「むにゃむにゃ」と、終わった。

「お粗末の一席、これにて、おシマイ」

拍手と花銭が、飛んだ。

机を自分でもって退場した。

「やっぱし、虎造はいいのう、おら、ラジオ聞いとるが、『決闘荒神山』や『吉良の仁吉』は、男じゃないか。そうそう、『名月赤城山』なんて、ジーンときちゃってなあ」

甚四郎じいが、自慢の渋いのどを披露。

主とふたりで　朝草刈りはヨ
恥ずかしいやら　うれしやら
会場のみんなが知っている、懐かしい「草刈り歌」だ。
たまらず、ねじり鉢巻きの岩男兄が、負けじ、と舞台にあがったが、酔っぱらっているので、立ってい
るのが精いっぱい。それでも、
めでためでたの　ノホイホイ
若松様は　ヤレ
枝も栄えて　ノホイホイ
葉も茂る　おめでたや
アレワイサーノ　末繁盛ハア
ヨイソラ　ヨイソラ
ドシコメ　ドシコメ
と、「地搗《ぢづ》き唄《うた》」を、野太い声で唄いあげた。
酔っていても、さすが、岩男兄だ、というのが、大方の空気だった。
俊が、現われた。戦闘帽、脚絆で歩兵の復員姿だ。
真っすぐ立ったまま、落ち着いて歌いだした。
はアなつウむウ野辺にイ　日はア落ちてエ
ウメノは、驚いた。こどものときから、俊が歌を歌うのを、聞いたことがない。

ああああア誰か故郷オオを　おもオわアざアるウ

ひときわ大きな拍手と野次が飛び、花銭も投げこまれた。

舞台で、五、六人が、綱にぶら下げたボール紙のつり革につかまって、腰を左右に揺すりながら、「湖畔の宿」の節で、

電車にイ、揺らアれてエ、お芋オ買いイ

などと、歌った。

金歯の弥次郎さが、得意の演し物を舞台にのせる、という。

戦争中、芝居はご法度だったので、「一〇年ぶりぐらいか、のう」と、見物衆は、話し合った。

舞台の袖にある演目の表題がめくられ、「白浪五人男」と出ると、一斉の大拍手、指笛、歓声が湧きおこった。

「待ってました！」「よう、弁天小僧！」

幕が開く前、拍子木が、「チョン」……「チョン」…「チョン」と、鳴った。

海軍工廠の美代子が、幕を開ける。

「チョン」と、拍子木。

白浪五人男が、堂々の勢揃い。

手に手に番傘をもった五人の男衆、傘には、「志らなみ」と書いた紙が、貼りつけてある。

継ぎはぎだらけのどてらに、高下駄はいて、ボール紙のかつらに、顔は、真っ白けの厚化粧、さてもさても、念入りな五人男よ。

観客は、だれが、弁天小僧か、はたまた、日本駄右衛門か、首をひねるばかりだ。

「チョン」と拍子木、金歯の弥次郎。

「知らざあ言って聞かせやしょう」

「閣下」「遠州屋、いいぞお」と、半畳《はんじょう》。「閣下」の家の屋号は、「遠州屋」だ。

「浜の真砂《まさご》と五右衛門が、歌に残せし盗人《ぬすびと》の、種は尽きねえ七里ヶ浜、その白浪の夜働き、以前を言やあ江ノ島で、年季勤めの児ヶ淵《ちごがふち》、江戸の百味《ひゃくみ》講の蒔銭《まきせん》を、当てに小皿の一文字《いちもんこ》、百が二百と賽銭の、くすね銭せえだんだんに、悪事はのぼる上《かみ》の宮、岩本院で講中《こうじゅう》の、枕捜しも度重なり、お手長講《てながこう》を札付きに、とうとう島を追い出され、それから若衆《わかしゅ》の美人局《つつもたせ》、ここやかしこの寺島で、小耳に聞いた祖父《じい》さんの、似ぬ声色《こわいろ》で小ゆすりかたり、名さえ由縁《ゆかり》の弁天小僧菊之助とは、……俺がア、こったア」

一斉に拍手。やかましいこと、おびただしい。

拍子木の「ツケ」が、「チョン」。

神出鬼没の忠信利平、美少年の赤星十三郎、これは、五郎さがやっている、漁師姿で向こう鉢巻の四十《よそ》八《はち》が、「ムニャムニャ」とやると、「いいぞ、下手くそ！」「真面目にやれ！」の野次と大笑い。

ここで、拍子木が「チョン」。

ひときわ汚いどてらで、岩男兄の野太い声が唸りだした。

「よく、まあ、あんな汚いのを、探してきたねえ」と、女衆。

客席は、しーんと静まりかえり、岩男兄の名調子に聞き惚れている。

「問われて名乗るもおこがましいが、産まれは遠州浜松在、十四の年から親に放れ、身の生業《なりわい》も白浪の、

沖を越えたる夜働き、盗みはすれど非道はせず、人に情けを掛川から、金谷をかけて宿々《しゅくじゅく》で、義賊と噂高《たか》
札《ふだ》に、廻る配付の盥越し、危ねえその身の境界《きょうがい》も、最早四十に人間の、定めは僅か五十年、六十余州に隠
れのねえ、賊徒の首領……日本《にっぽん》駄右衛門」

と、見得を切った。

わあっと、拍手、拍手の嵐となった。

「いいぞ、岩男兄」「最高だあ」

吹雪のように、花銭が飛び、舞台に舞った。

金歯の弥次郎の拍子木が、「チョン」。

幕が、引かれた。

客席から、溜息が洩れた。

長いこと、見られなかった弥次郎の十八番《おはこ》だった。

「金歯！」「弥次郎さ、最高だあ」「ありがとさん」の声に、また、大拍手。

みんな、芝居に飢えていたのだ。

下手くそな漫才もあった。だれも笑わない。

せっかくの手品も失敗したが、花銭は飛んだ。

最後に、青年団長の「閣下」の呼びかけで、みんなで「旅の夜風」を歌うことになった。

花アも　嵐もオ　踏ウみ越えてエ
と、始まり、みんな一つになって、声を張り上げ、

　待アてエば来るウ来るウ　愛染かつらア
　　やアがてエ芽をふくウ　春がア来ウるウ
　　　チャンチャチャッチャ　チャチャチャチャチャチャア
　　　チャンチャチャチャッチャ　チャチャチャチャチャチャア

会場内の大合唱となった。

最後に、「閣下」が、盛会を感謝して、演芸会は終わった。

老若男女の観客は、久しぶりの演芸に沸いた。野次や花銭が飛んだ。

「俊、おまえ、深雪ちゃんが、忘れられんだな」

夜道を帰りながら、だれかが言った。

「あったり前よ、恋女房だもの」

と、靖夫が言った。

俊は、黙っていた。

春先、谷は忙しい。

俊は、朝暗いうちから、ひとりで盆作りに登ってきて、畦塗りをした。

昼餉のあと、日影で昼寝をした。

深雪の夢を見た。

盆作りで、いっしょに畦を塗っているのだ。

深雪は、土手の草を刈っていた。田んぼで、畦塗り用の土をこねていた。

俊は、畦の上や内側の草を、鍬で削っていた。

深雪が、こねた泥の中で足をとられ、尻餅をついた。モンペが、泥だらけになった。

そこで、目が醒めた。

深雪は、盆作りで尻餅をついたことはない。田んぼには、小さい時から慣れている。

おかしな夢を見たものだ。

いつか会ったら、話してやろう、と思った。

俊は、木槌で畦を強く叩き、いぐらもち（もぐら）退治を兼ねて、畦の土を固めた。

ついで、畦に沿って、三尺幅くらいの草と稲株をとり、力を奮って、三本備中鍬で土を起こす。起こした土を細かく砕くのは、四本備中だ。そこで、水を入れて、適度にこねる。

夢の中で、深雪は、ここで尻餅をついたんだ、と、俊は、にやっとした。

ここからが、腕の見せ所だ。

こねた土を、四本備中で、畦の内側に強く貼りつけていく。

ひょうたんなどは、畦が長いので、重労働だ。

貼りつけた土を、鍬の裏で根気よく叩いて行く。中腰の辛い作業だ。

左官のコテのように、きれいに塗りを仕上げる。

内側を終えると、最後に上側を仕上げて、終わりだ。

夢に、深雪が出てきて、はっとした。

そしたら、泥ん中へ「尻餅」だ。

いっしょに、ひょうたんで働いとって、喜んどったのに。

夢ん中じゃあ、なあ。


俊は、よく縞蛇を摑まえてきた。

暑い日、県道の熱した砂利道を、長い縞蛇が横切る。

その速いこと。

通りかかった俊は、横っ飛びして、尻尾をつかみ、ぐるぐる回して、殺す。

長いその蛇を首にぶら下げて帰り、皮を剝いで、肝を出す。

以前、腹膜炎を患ったウメノは、目をつぶって、肝を呑みこむ。

腎臓にいいのだ。

組のお春姉も、蛇なんか、怖くない、という。

蝮だって、「棒切れで頭を引っぱたいてやったら、逃げてった」などと、平然としている。

それが、畑で、菜っ葉の上にいる青虫を見ると、「キャー」っと、悲鳴を上げ、鍬を放り投げて、逃げだす。

真っ青になっている。

逆に、青虫や毛虫、尺取虫に平気な衆は、蛇が怖い、というから、おもしろい、と、俊は思った。

大渕の旦那は、背が高く、体格がいい。美丈夫だ。昔は、剣道の達人だったそうだ。何段だったかは知らない。

姉さんの花子さんも、おっとりした才媛だ。隣村の造り酒屋の娘で、きれいだったので、あちこちから見合いの口が、かかったらしい。

大渕家は、昔庄屋だった大家で、村一番の山持ちだ。

いろいろ村のこと、村の衆のことに気を使い、みなから別格に見られている夫妻である。

長男凜太郎は、どこかの大学のラグビーの選手だそうで、旦那に似て、体格がいい。

スクラムを組む選手の一人で、いつか俊が聞いたら、最前列の三人の一人、フロントロー三番のプロップとか言っていた。

ボールを見せてくれたが、落ちると、どちらへ転がるかわからないのが、おもしろい、という。

しかも、ボールは、後ろへ投げなくてはならん、とは、不思議なルールだ。

ボールを後ろへパスする仕方を教えてくれたが、俊が投げてみると、風車みたいに縦にくるくる回ってしまって、どうしても、要領が呑みこめなかった。

俊は、大渕の旦那に呼ばれていくと、真っ先に、牛小舎をのぞき、牛を撫でてやる。

牛は、素知らぬ風で餌を反芻《はんすう》しているが、ちゃんと俊をわかっている。

やさしい大きな目で、俊を見る。

ついで、飼い犬の「チョボ」の頭を撫でる。茶色い雑犬だが、兎猟では、村田銃を愛用する旦那のお供をして、山に行く。「チョボ」は、尻尾を千切れそうなくらい振り、甘え鳴きする。

日の当たる窓際や冬の炬燵の脇には、いつも三毛猫の「ミャー」が眠っている。時には、俊に近づいてきて、「ミャー」と鳴く。抱かれたりもする。

或る時、旦那が俊に手招きして、二階へ上がった。

裏山に向かって、大きな窓が開け放されており、立派な両肘掛けつきの椅子が、四つばかり並んでいた。

俊も、そこに座るように言われた。

左手前に白い蔵があり、広い畑と川の対岸は、急斜面の山だ。

南面して、一年中、日当たりがいいという。

山の斜面の右上から左下へ、沢があるらしく、襞《ひだ》となっている。

ちょうど新緑のころで、朝陽の射した山には、さまざまな緑の木々が群生しているのが、見えた。

複雑に入り混じった薄緑や黄緑、濃緑の色合いがあり、常緑樹の杉や桧、赤松も見え、遅咲きの山桜が、今を盛りと咲いていている。

「どの木も、若緑はいいが、時期や色味が、微妙に違っとる。それが、おもしろい」

みな、陽に映えて、輝いている。

紫陽花《あしさい》の白や青もあり、藤の花の薄紫もある。

一見、雑然としているようでいて、絶妙にその場所を得て、見事に調和している。

俊も、なんだか、わからないけれど、見とれていた。

見ていて、気分がいいのだ。

「風が強い日なんか、山が騒いどる中に、朴《ほう》の木の白い葉裏がひらひらしとって、なあ。……ほれ、右下あたりの、花の木の葉も裏が白いだろ？　風に煽られて、緑のなかで白い渦みたいに動く」

と、旦那は、目を細めた。

「秋は、すごいぞ。そりゃあ、見事なもんだ。……俊、また、秋に見に来いよ」

錦秋の秋っていうが、ほんとに秋の紅葉は、錦の山じゃ。

秋の初めから、徐々に赤味やら黄色味がかってきて、最高ん時は、言葉も出ん。そこへ、朝陽でもあたってみい、そりゃあ、凄いもんだ。

去年の秋だが、な。

朝、ここへ来てみると、一面、霧で何も見えん。

今朝は、駄目か、と、思っとったら、その濃い霧がさっと動いて、いきなり真っ盛りの、真っ赤に染まった山が見えた。

「現出した」って言ったら、いいかな？

朝陽が射しとって、そりゃあ、豪勢なもんだった。

大紅葉、楓に花の木、櫨、黄色や赤に紅葉して、色味が、これ、みんな違う。色付く時期も違う。

山漆のあの赤は、強くてな。見物《みもの》だぞう。

杉桧や赤松の緑があって、抑えに、重厚なヒマラヤ杉、あれは、どっしりしとる。あの濃い緑が、紅葉の錦をぐっと引き締めとる、のかな。

とにかく、百聞は一見に如かず、じゃ。

毎日毎日、見ておると、毎日毎日、色合いが微妙に変わっていく。

朝、昼、夕方と、光の具合で、千差万別だ。二度と、同じものはない。

そのうち、木枯らしが吹く。

山が、一変する。

枯葉が、一斉に風になびいて、舞い上がり、流れていく。くるくる回っとる葉があるな、と見とると、流れが乱れて、乱舞っていうか、崩れて、落ちていく。

これも、なんとも言えん。

冬の雪もいいなあ。

吹雪いとる時も、牡丹雪もなあ。

大雪のやんだ朝なんて、……葉の落ちた裸木がいっぱいあって、やっぱり杉や桧の緑が雪をかぶっとってな、あの右の下の方にあるヒマラヤ杉が、こんもりと雪を着こんどるみたいだ。

言いかかりゃあ、きりがないが……。

春先、白木蓮や辛夷《こぶし》の白い花が咲く、これがまた、待たれてのう。

春夏秋冬、変わるのは、もちろんだが、その時々の天気にもよるなあ。同じ晴れでも、快晴と、少し雲のある時じゃあ、違う。お天道《てんと》さまの光が、強かったり、弱かったりすると、な。曇り、雨、……小雨や土砂降り。

ほんとに、見とって、飽きん、時間を忘れちまう。

花子姉さんが、お茶を持ってきてくれた。

「うちの人が、自分で揉んだお茶だけど、結構おいしいの、うちでは、みんなこれ」

「あれ、揉むの、大変でしょ、火傷しそうなぐらい、熱いから」

「うん、熱いけど、毎年やっとると、手も慣れてきて、それほどではなくなるからの。面《つら》の皮も、そうらしいが」

と、旦那は笑った。

茶を飲みながら、旦那が言った。

「ご先祖様のおかげだ」

わしのひぃじいさんのじいさんに、仁左衛門っていう人がおってな、山にいろいろな木を植えたんだそうだ。

それを、ひぃじいさんが、熱心で、新しく木を植えたり、別のところへ植え替えたり、いろいろ苦労して、山を作ってきた。

わしの親父も、ずいぶん山へ通ったものだ。

わしがこどものころは、親父にくっついて、苗をもって行って植えたり、この木は、もう少し上の方とか言って、植え替えたり。

下草や余分な木を下刈りしたり、大変だった。

ひぃじいさんたちは、春は春、夏は夏と、四季それぞれに、この座敷から、毎日、見とって、あそこは手を入れなくちゃあ、とか、足らんから、足しとかなくちゃ。いや、春はいいが、秋の紅葉には、この木はこの場所じゃ、あかん、とか。

それを、えいえい積み重ねて、ここまでになった。

「わしも、大人になって、少しはいじったが、ご先祖様には、敵わん」

あの山の崖下に、冷泉が湧いとってな、硫黄の鉱泉なんだが、臭いが腐った卵のようなんで、卵湯って言っとった。

畳一畳くらいの穴だ。底から、ぷくっ、ぷくっと湧き出とって、白い華が浮いとる。

夕方、よく、親父が、汲んで来いって、いう。

川をじゃぶじゃぶ渡って、桶に汲んでくるんだが、川の石が滑るんで、一度ひっくり返って、びしょ濡れになっちまった。卵湯はこぼれちまうし、参ったなあ、あん時は。

それで、風呂を沸かすのさ。

親父は、いつも入りたがって、な。

ところが、或る時、大水が出て、卵湯の穴そのものが持っていかれて、今は、なくなっちまった。

「ちょっと、惜しいんだが」

と、旦那は言った。


俊は、大渕の旦那などの山仕事で貯めた金で、ラジオを買った。

ウメノもキクも、ラジオを楽しみにするようになった。俊も、これは、よかった、と思った。

雄三が、バスの運転手になった。

久しぶりに会った俊に、バスなんか、材木と違い、軽くて、運転は楽だ、遊んどるようなもんだ、と、言っていた雄三が、今度は、

「人の命を預かっとるで、責任が重い。トラックより大変だ」

と、言った。

当時、ラジオに「尋ね人」という番組があり、

「ソ満国境虎頭《ことう》付近に入植していた南信満蒙開拓団の木村勇一さん、長野県泰阜《やすおか》村の神西芳子まで、ご連絡ください」

といった尋ね人の放送が、頻繁に流されていた。

海外からの引き揚げや、空襲その他、敗戦の大混乱により、引き離された親子兄弟、夫や妻、友人、知人の数は、計り知れなかった。「尋ね人」は、ラジオによる肉親探し、知人探しの切実な願いから生まれた番組だった。

俺にも、「尋ね人」がいるんだがなあ、と、俊は思った。

そんなある日、ラジオから、軽やかに明るく、しかも切ない歌が流れてきた。

船を見つめていた
ハマのキャバレーにいた
風の噂はリル
上海帰りのリル　リル

俊は、何気なく聞いていた。

リル　リル　どこにいるのか　リル
だれかリルを知らないか

俊は、うつろな気持ちで聞いた。

　リル　リル　どこのいるのか　リル
どこにいるのだ。

　リル　リル　どこのいるのか　リル
いったい、どこにいるんだ。

　だれかリルを知らないか
うーん。

胸が締めつけられた。

この曲は、「尋ね人」に耳を傾ける人たちの心情と重なって、ラジオから、始終流された。

俊は、あれを思い、これを思い、ラジオの歌に聞きいった。

盆作りへ行っても、アテでも、「リル　リル」が、絶えず俊の耳に聞こえた。

この曲が、ラジオから流れると、いつもぼんやり聞きいっている俊を見て、キクは、「深雪さが、いっそ、見つかるといいなあ、だって、俊さんが喜ぶもん」と、考え、「どうか、白山様、仏様、深雪さが、絶対見つかりませんように、ゼッタイ」と祈った。

昭和二十年になってから赤紙がきて、召集され、ソ満国境の守備隊に送られた佐太郎さは、未だに生死不明だった。

終戦間際のソ連軍侵攻で戦死していなければ、シベリアへ連れていかれたに違いない。

女房のカー姉も気が気でなく、よくコックリさんをやっとる、という話だった。

旦那が帰ってこなくても、喰っていかなくてはならない。

こどもも、まだ、小さかった。

身体が弱く、皮膚が白っぽくなって、村の衆に秘かに「幽霊みたい」といわれとる、年取った姑もいた。

田畑は、家の周りに、一、二枚しかない。

県道の拡張工事に出て、石垣に積む重い石を背負って、谷から担ぎ上げる仕事をしていた。

カー姉は、小柄で、痩せぎすだった。

川原で、石を背負板《しょいた》に乗せ、急な小径を登る。

石の重さは、並大抵ではなく、カー姉は、立ちあがるだけでも、よろよろした。

坂は、砂利で滑りやすく、木の根や岩で、転びやすい。

そんなに深い谷ではないが、石を背負って登る者には、ひどく険しく、遠い道だ。辛い坂だ。

うんうん唸って、登る。半歩ずつ進む。

汗が噴き出る。

目に入る。背中も、足も、全身びっしょりだ。

板に滑り止めの横棒を打ちつけた板梯子に、やっとたどり着く。

雨の翌日や夏の朝は、露で濡れていて、滑りやすい。

滑ったら、谷に転げ落ちる。

怪我をする。石を痛める。

「石が、使い物にならなくなるんで、気をつけろ」と、最初に監督に言われとる。怪我のことじゃなく、石のことを言われた。

緊張する。踏ん張る。

四角な顔に、丸い大きな目が、かっと開いて、必死の形相をしている。

やっと、県道に出る。ひーっ。

「石は、そりゃあ、ずしんときて、骨がぎしぎしいうよ。上へ登ってきて、しばらくは、動けん。心臓が割れちまいそう。ものも言えん。大きい息して、目エつぶっとる」

カー姉は、久しぶりに里帰りした幼馴染に、そう、話した。

炎熱の夏日だ。

カー姉は、また、川原へ下りて行った。

石は重く肩に喰いこみ、急な坂を二、三回も往復すると、足腰が動かなくなり、絶えず生唾が出た。脂汗が出た。

天気の日は、毎日、仕事に出た。

疲れ切って家に帰り、ものも言わず、横になった。

長い時間をかけて、冷えた芋飯に味噌汁をかけて、咽喉に流し込んだ。たくわんを噛む気力もなく、しゃぶった。

それから、泥のように眠った。

カー姉の家は、村境に近い滝瀬橋の先にあった。

山と山が迫り、川が垂直の崖によって狭められて、深く淀んだ淵となり、二〇〇メートルも続く場所だ。

川幅は、五メートルもない。

山を削ってトラックがやっと通れる県道下の崖っぷちに、長屋のような、芋虫のようなカー姉の家がある。

今にも崖から淵にずり落ちそうだ。

朝も昼も、一日中、日が射さない。

家に入ると、淵に面した居間の破れ障子の先に、まだ幼いこどもの小夜《さよ》が淵に落ちないように、頑丈な柵で囲ってあるのが見えた。

トラックが通るたびに、あばら家が振動し、タイヤの跳ねた砂利が屋根や壁に飛び、土埃が降りかかる。

長年埃をかぶった家は、白く汚れたままだ。

川には、人一人やっと通れる吊り橋がある。

吊り橋はよく揺れ、中ほどから下を見ると、数メートル下に、細長い陰気な空を浮かべて淀んだ淵の黝《あおぐろ》い水面が見えた。

カー姉は、早朝、起きると、寝ぼけ眼《まなこ》でゆらゆらする吊り橋を渡り、急な小径を登って、露に濡れた畑から茄子や胡瓜をもいでくる。

小夜と姑の一日分の食事を用意し、自分の昼餉の握り飯を急いで作る。

カー姉の家には、山を開墾した小さな棚田二つと、少し広いが、この斜面のきつい畑が一枚あるきりだ。

佐太郎さが、シベリアから帰ってきた。

げっそり痩せて、長年の辛苦が偲ばれた。

極寒の地でのラーゲリ（強制収容所）の過酷な日々、歳月。

食事も満足に与えられず、「ノルマ、ノルマ（割り当てられた労働の基準量）」で追いたてられる、過重で辛い労働。

絶えず開かれる共産主義学習の厳しい「赤い集会」、怖ろしい査問委員会。

一箱の煙草や一片のライ麦パンで買収された、日本人の密告者によるリンチや逮捕、銃殺刑。

大勢の兵士が、タイガ（シベリアの針葉樹林帯）で労働中に倒れ、病気になり、死んでいった。巨木の伐採や運搬中に、怪我をしたり、悶死した。

佐太郎さも、凍傷にかかったり、栄養失調で意識が朦朧となったりした。高熱を発して、死線を彷徨《さまよ》ったこともあった。

やっとの思いで、帰還することができた。

終戦後、数年たっていた。

佐太郎さは、長く養生しなくてはならず、家でごろごろしながら、こどもの面倒をみたり、田んぼの水を見に出た。

吊り橋をよろよろ渡り、急な小径をやっと這い上がっても、立っていられず、畦道に座りこんでいたりした。

カー姉は、相変わらず、重い石を谷から担ぎ上げている。

「おじいは、木挽《こびき》の名人でな」

或るとき、甚四郎じいが、俊に、こどものころ見た谷合《やわせ》の和三《わさ》おじいの話をした。

製材所ができる前、板は木挽衆が大きな鋸で、杉や桧の木を縦に挽いて作ったもんだ。それで、家を建てた。

おじいは、西の段戸《だんど》御料林へ行っての、木挽をひいとったって、言っとった。

木挽衆は、たいがい渡り者で、村のもんはおらんが、田が終わってから春先までの出稼ぎだ、和三おじいは。

幅広のこんな、と、甚四郎じいは、両手を広げて、背がこう丸く、刃渡りは二尺はあるかな、斜めにぎーっと走っとってな、と、空に絵を描いて見せ、角度のきつい柄で板を挽く、と言った。

重そうな縦挽き鋸を、おじいが背負って歩いて行くのを、こどものころ、見とって、覚えとる。

でっかくて、変な形しとるなあ、まるで猪を背負っとるみたいだ、って、思ったもんだ。

おじいの話じゃあ、板六尺、厚さも幅もいろいろで、日に径尺の丸太、三間以上稼いだげな。

渡り者の木挽衆にはとてもかなわんが、まあまあだったそうだ。

　婿をとるなら木挽さはおよし　仲のよい木をひきさげる
　段戸《だんど》奥山木挽の娘　米のなる木はまだ知らぬ
俊は、甚四郎じいが、木挽唄を唄いだしたのには、驚いた。

なに、和三おじいが唄っとったから、おらもつい、憶えちまっただけよ。

なんせ、木挽衆は、仕事が単調なんで、日がな一日、唄を唄っとったって、いうぞ。

何が何でも、真直ぐに挽かにゃならんから、一《い》っ刻《とき》も、気が抜けん。力も根気もいる仕事だからなあ。

昔、いつのころか知らんが、遠州の方の渡り者で、若い姉妹の娘がおって、それが二人挽きで、凄腕だったたって、語り草になっとったそうだ。

その秘密はの、夜の間に、鋸の刃をよう研《と》いどったんで、板の切れがよく、男衆より仕事のハカが行ったᅠ(はかどった)っちゅう話だ。

「えらい美人姉妹だったたっちゅうが、ほんとかどうか、おらは知らん」

と、甚四郎じいは、笑った。

青年団長の「閣下」に誘われて、俊は、一度だけ、狂俳《きょうはい》の会に出てみた。

狂俳のことは、まったく知らなかったが、五七五の俳句や川柳とちがって、出された題に七五や五七の十二文字の付句をするのだ、という。

狂俳のルールは簡単だ。

句の最後の文字を

うくすつぬふむゆる

の動詞止めにすること。

もう一つ、漢字止めにしないこと。

例外として、「素敵だわ」とか「美しい」などの止めが許されているようだ。

たったこれだけである。

「狂俳は、やさしい。だれだって作れる」

と、「閣下」は、言った。

自分にそんな句が作れるかどうか、見当もつかなかったが、「閣下」があんまり熱心に勧めるので、見物のつもりで参加することにした。

「題を見て、すっと頭に浮かんだことを書けばいいんだよ。うまく作ろう、とか、あれこれひねったり、こねたりせんでもいいぞ」

と、「閣下」は言ったっけ。

戦前、昭和初期に、尋常高等小学校校長の柊栄作先生が、村人に呼びかけて、冬の農閑期の楽しみに、と、始めたのだそうだ。

戦争で途切れていたのを、岩男兄や大渕の姉さん、とりわけ、「閣下」が、熱心に呼びかけ、もう、何回もやっているという。

号が要るというので、俊は困った。あれこれ考えたが、何も浮かばない。「閣下」は、何でもいい、と、言ったけど。

盆作りの「盆」でも、深雪ならぬ「新雪」でも極まりが悪いし、えいや、とばかり、常日頃山仕事で使っている「木馬《きんま》」とした。

〆切りまでに、数だけの句を紙に書いて、「閣下」に渡した。

句になっているかどうか、わからなかったが、文字数だけは、指折り数えたつもりだった。

しばらくして、「閣下」から、書道用の半紙をコヨリで綴じた、ガリ版刷りの冊子をもらった。

表紙に、「木馬大人選《たいじん》」と、黒々と墨で書いてあるので、こそばゆかった。中をめくると、句だけがびっしりと並んでいる。作者名は書いてない。

今回は、全部で四九二句あるという。

この中から、五〇句選び、一番いいと思った作品三句を、天・地・人、金賞・銀賞・銅賞とする。これを奥抜と呼ぶ。

あと、感吟（赤）・佳吟（緑）・外章（白）と続く。

「閣卜」の話だと、提出された句が一番多いときには、五八五句もあったという。平均、三〜四〇〇句かなあ。

人口五〇〇ばかりの村で、これだけの句が集まるのだから、驚きだ。百姓仕事や山仕事で忙しい衆ばかりなのに、と、俊は思った。

「ガリ切りは、いつも大変よ。鉄筆で四九二句全部を、一字一字原紙に切る。それだけで相当時間がかかるなあ。それを謄写機にかけて一枚一枚、コロにインクをつけては、人数分だけ刷っていく。どちらにしろ、根をつめるんで、肩が凝ってしょうがない、絆創膏だらけになるわ。最後に、コヨリで綴じる。大体、徹夜になるなあ」

と、目をしょぼしょぼさせて話した。

「ま、好きでやっとるんだから、文句も言えんが」

と、「閣下」は笑った。

開巻は、これは会を開くことだ、百姓仕事の合間に開かれるので、正月や旧正月、盆のほか、農休みや八十八夜、仕事のできない雨や雪の日などというのが多い。

変わったところでは、白山神社のお祭りの献灯巻というのや、大渕の旦那がいつか県議に当選したときのお祝いにやったこともあったそうだ。

開巻する場所は、出席者の家や小学校の校長住宅で、朝からの時も、昼からの時もある。

俊が誘われた今回は、稲刈り後の雨の夜で、大渕の旦那の家だった。

入って行くと、十二畳の座敷が開巻場所だ。

傍らに黒光りした太い大黒柱が、いかにも大家らしく、どんと構える。

大渕の旦那夫妻を中心に、十数人が集まっていた。

永年、囲炉裏の煙の煤が染みこんだ黒い梁に、白い半紙がずらりと貼られ、出席者の号が、「閣下」の字で書いてある。なかなか、達筆だ。

木馬大人の分もある。

中央の小机を前に、岩男兄が座り、小さな拍子木を、「チャン」「チャン」と、小机に叩きつけて、いよいよ始まった。

「ハイハイ、みなさま、今晩は、今晩は。

雨の中、お集りいただきまして、誠にご苦労様でございます。ご苦労様でございます。

今宵は、知生俳友会第十二回開巻でございます。

不束ながら、不肖迷宮が例によりまして、進行仕ります。

どうぞ、よろしゅうお願い申し上げます。よろしゅうお願い申し上げます」

「閣下」は、隣に座り、進行の助手をつとめている。

「チャン」「チャン」

「ハイハイ、今宵の第一番は、洋洋大人、洋洋大人の選でございます。初題は、『マッカーサー』『マッカーサー』」

「チャン」「チャン」

「初題『マッカーサー』の一番は、
　　コーンパイプを売りまくる
　コーンパイプを売りまくる
外章、外章、白票でございます。作者は、牛歩大人、牛歩大人、誠に残念ながら、白票でございます」

牛歩大人は、「閣下」だそうだ。

外章と書かれた白折り紙の左に「牛歩」、右に選者の「洋洋」と、「閣下」が墨で書く。

すると、水兵だったノッポの五郎さが立っていって、作者名の下に、折り紙の白を、菱形に貼りつけていく。

五郎さの号は、「流木」。

「人は、見掛けによらんねえ」

というのが、迷宮大人、岩男兄の評だ。

ところが、五郎さは、戦争中乗っとった軍艦が魚雷にやられ、一〇時間も板切れにつかまって、海を漂流しとったのだ。

それを聞いて、迷宮大人、

「なるほど、それで、流木大人か、そりゃあ、大変だったのう。しかし、生きて帰れてよかった」

と、五郎さの肩を叩いた。

「チャン」と、拍子木。

「ハイハイ、お次は、
　民主主義を配給する
民主主義を配給する
これは、金賞、金賞でございます。

ハイハイ、作者は、華苑大人（大渕の姉さん、花子）、華苑大人。

おめでとうございます。おめでとうございます」

岩男兄が、「チャン」。

「次のお題は、『あら、いやだわ』。

ハイハイ、第一番句は、（チャン）

　パーマかけたらお化けだよ
パーマかけたらお化けだよ」

「ふふふふ」と、女衆。

「外章、白票でございます。白票でございます。

作者は、銀河大人、銀河大人」

「ハイハイ、お次は、
　烏が巣を頭に作る
　烏が巣を頭に作る」
「あら、いやだわ」
女衆のだれかが、思わず言ったので、みんなが大笑い。
「作者は、迷宮大人、迷宮大人、
感吟でございます。赤でございます。おめでとうございます。おめでとうございます」
自分で自分を褒めとるぞ、と、だれかが野次を入れ、みんなが笑った。
かまわず、岩男兄は、「チャン」。
「ハイハイ、お次は、お次の名句はなんじゃいな、
　シャンはシャンでもバックシャン
　シャンはシャンでもバックシャン
こりゃあ、駄目だ。落第！　落第！　作者は……」
「ハーイ、私、権《ごん》大人でーす」
大渕の旦那が、両手をあげる。降参のつもりらしい。
号は、本名権太郎から一字とったのだ。
みんなが、くすくす笑った。
「チャン」

「お次は、お次は、酔波大人の選でございます、酔波大人の選でございます」
「盲選でございます」
突然、酔波大人の大声。
「わかっとるじゃん」
の野次に、みんなが大笑いだ。
「さてさて、お次のお題は、お次のお題は、『雲』、……『雲』でございます。
　乗り心地悟空に聞く
　乗り心地悟空に聞く
佳吟、佳吟でございます。緑でございます。おめでとうございます。おめでとうございます。
作者は、迷宮大人、迷宮大人」
「チャン」
「ハイハイ、お次は、
　南溟《なんめい》の彼方に眠る
　南溟の彼方に眠る
金賞でございます。金賞でございます。おめでとうございます。おめでとうございます。……
これは、深いのう。……雲のはるか彼方に、玉砕したガダルカナルやサイパンだの、硫黄島が、目に浮かんでくるぞ。戦争全部がのう。
作者は、華苑大人、華苑大人」

「チャン」

「ハイハイ、お次は、お次は、

「尋ね人の顔になる
尋ね人の顔になる
銀賞、銀賞でございます。おめでとうございます。おめでとうございます。

作者は、木馬《きんま》大人、木馬大人」

「ほう」という、出席者のざわめき。

「一字足らんがの、気持ちがどんと入っとる所がええ。それで、選に入ったようだぞ、俊。ラジオでやっとる『尋ね人』も、みんな必死だからの。戦地からまだ帰っとらん親兄弟や旦那を探しとるから、雲の中にも顔が見える。

いつも、顔を探しとるから、の。

木馬大人も、探しとるようだが、な」

深雪のことを知っているので、みんな、納得のようだ。

「閣下」が、拍手してくれた。

すると、みんなが、大渕の旦那まで、拍手した。

夜は更けてゆき、やっと全員の選を発表し終わった。

岩男兄は、ひときわ高い調子で、話しはじめた。

「今宵は、これまで、これまででございます。

大人、宗匠のみなさんのご精進により、いい句がたくさん生まれました。わしら山村に生きるもんの、わが知生に暮らすもんの仕事や日常が、喜怒哀楽や人情の機微が、実に生き生きと詠まれております。

つくづく狂俳はいいものだと、思います。開巻のたびにそう思いますが、今宵は、とくにそう感じました」

「そうだ」「そうだ」

拍手が起こる。

「皆々様のご協力と、今宵、開巻の場を提供してくださった権大人と華苑大人に感謝の意を表します。お蔭様で、大盛会でございました。ありがとうございました。ありがとうございました」

「巻元もいいぞ」の声、洋洋大人だ。

「ご苦労さん、迷宮の旦那！」

「閣下」が、立ち上がった。

「みなさん、みなさん、ご報告させていただきたいことがあります。ただ今の迷宮大人のお話のように、みなさんのご努力、ご協力によりわが知生俳友会は、昭和二十三年の第一回開巻より回を重ねてすでに十二回、実にたくさんの句が詠まれて参りました。

私、ヒマにまかせて、数えてみたところ、今回の四九二句を入れて、総句数四、四一二句にもなりました」

「ほう」「そんなに」と、溜息めいた反応。

「一回平均、三六八句。わが知生俳友会の俳友は、常連さんが大体一五人ですから、一人二九四句作ってこられたことになります。

これは、実に実に凄い数字であります。

みなさん、自慢してよい数字じゃありませんか」

「そうだ」の掛け声と拍手。

「しかし、もっと自慢してよいのは、その中に、今も忘れ難い名作がたくさんある、ということです。

わが知生俳友会の誇るべき傑作であり、語り継ぐべき宝物であります。

みなさんもご記憶のことと思いますが、第一回開巻より十回までのうちから、私、勝手に選ばせていただきました、いくつかを改めてご披露して、開巻の折の感動を思い起こし、また、次の作句のご参考にもなれば、と思う次第でございます。

なお、ご披露のあと、名句一覧の刷り物を用意しましたので、お渡し申し上げます」

みな、しーんとなった。

「さて、一番目。

お題は、『田植』、『田植』であります。

　並ぶ菅笠《すげかさ》　手も軽い
　並ぶ菅笠　手も軽い」

「いいねえ！」の声。「『手も軽い』が、なんとも言えん」

「作者は、潤水大人、潤水大人」
「ハイ、次、お題は『再婚』、『再婚』です。
義弟と添いて家守る
義弟と添いて家守る
次郎吉君とこみたいに、長男の春兄が戦死して、姉さんとこどもが残された。じいちゃんばあちゃんもいる。男の手がないことにゃ、どもならん。田畑を放っておくわけにゃいかん。
というわけで、春兄の姉さんは、弟の次郎吉君と祝言をあげた。
こういう家が、ようけありましたなあ。
峯雪大人、峯雪大人の作です」
「お題は、同じく『再婚』、『再婚』、
戦争未亡人　雲に聞く
戦争未亡人　雲に聞く」
「父ちゃん、どうしたらいいの、ってわけだ」「そうだよなあ、かわいそうに」「こども、抱えてなあ」
「黙念大人、黙念大人の作。
次のお題は、『夕涼み』、『夕涼み』、
姉様の襟　美しい
姉様の襟　美しい
作者は、洋洋大人、洋洋大人」

ヒューと口笛。「あやしいぞ」の野次。
「次のお題は、『雄大』、『雄大』、
　連峰　正に霧晴れる
　連峰　正に霧晴れる
紫園大人、紫園大人の作。
同じく、お題は、『雄大』、『雄大』。
　お鍋サ　尻の巾広い
　お鍋サ　尻の巾広い」
どっと笑い。「傑作だあ！」「こいつは、覚えとるぞお」
「作者は、作者は、ここに鎮座まします、だれあろう、迷宮大人でござりまする」
「さて、お次は、『夢心地』、『夢心地』、
　懐かしの母国が見える
　懐かしの母国が見える
戦争が終わって、はるかニューギニアや中国の戦地、満蒙やシベリアから引き揚げてきた衆の、日本の山や島が見えた時の気持ちは、どんなだったでしょう。
江村大人は、そこを詠んでおります。
次、お題は、『愉快愉快』、『愉快愉快』であります。乞う、ご期待。
　釣れる釣れる又釣れる

　釣れる釣れる又釣れる」
「こりゃあ、愉快だ。違えねえ」「これも、知っとるぞ」
「作者は、酔波大人、酔波大人であります」
「次のお題は、『恥ずかしいわ』、『恥ずかしいわ』。
　いの字　ろの字を指で書く
　いの字　ろの字を指で書く
これは、目に見えるような句です。恥ずかしさが、ようでとる。作者は、紫園大人、紫園大人」
「さすが、紫園さん」「仕草がいいよ」
「次は、『初恋』、『初恋』。
　バイロンの詩を共に読む
　バイロンの詩を共に読む
作者は、同じく、紫園大人、紫園大人。
次のお題は、『紅葉』、『紅葉』であります。
　杣《そま》も名画の域に入る
　杣も名画の域に入る
これも、紫園大人、紫園大人でございます。
実にきれい、豪華ですなあ。句自体が、まさに一幅の名画です。南画の領分ですかのう、これは。
最後のお題は、『色男』、『色男』であります。

　いつも財布に金がない
　いつも財布に金がない」

「アハハハハ！」

　みんなが、一斉に笑いだした。

「俺のことだ」と、剽軽な声。

「おめえは、色男じゃあ、ないけどな」

「だれだ、こんなあけすけなこんを、詠んだ御仁は？」

「作者は、意外や意外、……権大人、権大人であります」

「えーっ」っと、一同、唖然として、権大人を見た。

　権大人は、にやにやしながら、頭をかいている。そして、

「わしも、……財布にいつも金がない」

と、言ったので、大爆笑になった。

　お大尽《だいじん》の権大人がねえ。

「これにて、知生俳友会傑作選の発表を、終わらせていただきます。

　しかし、みなさん、もう一つ、驚くべきビッグ・ニュースがあります。

　みなさん、どうか、お静かに。

　これまで、だれも知らなかった、うれしい事実が、発見されました。

　つい、二、三日前のことです。

私どもの家の天井裏に古い行李《こうり》があり、うちのじいさん安吉の先代、与平衛のものと思われます。そこから、明治四十四年、四十五年、大正元年開巻の狂俳資料がでてきたのです」

「えーっ？」

「ほんとか？　そりゃあ、えらいこっちゃ」

「しかもですよ、これ、見てください。

赤い罫線の和紙に、『北設樂郡知生尋常高等小學校』と、あるではありませんか」

「ほんとだ！」

「間違いなく、この知生で、明治に狂俳が開巻されとったってことです。

いやあ、びっくりしました。

感激しました。

われわれ、知生のご先祖様は、このころ、いえ、おそらくは、もっと古くから、狂俳をやっていたにちがいないと、思われます。

昭和のはじめに、柊栄作先生のお勧めもあったと思いますが、それより遥か以前、明治時代から狂俳をやっていたとは、実にうれしいではありませんか。実に実に、感慨無量であります。

あと、これを、現物をお回ししますが、二、三申し上げます。

まず、この明治のころ、ご先祖様たちは、どんなお題を取り上げていたでしょうか。

これは、興味津々であります。

いかにも、その時代らしい題が登場しています。

主だったものを申し上げますと、

『古戦場』、『令嬢』、『飛行機』

このころは、まだ、飛行機は珍しかったんでしょう。

『滑稽家』、この言い方!

『治まる御代《みよ》』、『歌留多會』。

かるた会は、当時、楽しみの一つだったでしょうな。

『議會召集』

帝国議会の第一回召集は、たしか、明治三十三年ぐらいですか。しかし、こんな山ん中でも、みんな関心もっとったんですなあ。

次に、句の数ですが、明治四十四年八月三十日開巻の例ですと、二九九句、すべて見事な墨書で書かれています。

また、句を出しとる宗匠の号は、
一瓢、江風、戯堂、隠泉、河陽、花酔
などの方々です。

みなさん、思い当たる方はおられますか。

私どものひいじいさんくらいの世代でしょう。

実名がありませんので、残念ながら、わかりません。

最後に、句そのものが、いかにもその時代の世相や暮らしを表していて、おもしろい、いい悪いというよりも、そういった句をいくつかご紹介してみたい、と思います。
最初のお題は『百合の花』、『百合の花』であります。

　草刈る乙女　刈り残す
　草刈る乙女　刈り残す

ご先祖様は、花にも優しかった。
次のお題は『腕白小僧』、『腕白小僧』

　海軍大將と威張っとる
　海軍大將と威張っとる

　白爵《ママ》も白旗揚げる
　白爵も白旗揚げる

海軍大将だの伯爵だの、やはり明治は登場人物がちがいますなあ。古色蒼然としとる。
お題『古戰場』、『古戰場』

　首塚に楠植てある
　首塚に楠植てある

首塚ですぞ。
戦国合戦が浮んできます。武田信玄やら上杉謙信なんどがね。
お次は、『令嬢』、『令嬢』であります。

父と洋行の支度せる
父と洋行の支度せる
泣くも笑ふも袖使ふ
泣くも笑ふも袖使ふ

明治の小町と呼ばれとる
明治の小町と呼ばれとる

乳母連れて磯歩いとる
乳母連れて磯歩いとる
洋行やら長袖に、乳母ときた。華族様のお嬢さんですかねえ。
次のお題は『飛行機』、『飛行機』
文明が鳥の眞似しとる
文明が鳥の眞似しとる

日野徳川が試乗する
日野徳川が試乗する

徳川さんが、飛行機に乗った？　十五代慶喜公は、たしか大正まで生きとられたって、いうから、ほんとなんだ、きっと。お題は『鵜飼』、『鵜飼』

藝者も素人に化けてゐる
藝者も素人に化けてゐる

これで、最後です。

お題『治まる御代』『治まる御代』

官吏テイブルに眠っとる
官吏テイブルに眠っとる

お役人も、ヒマと見えますね。

以上です。

いろいろ、当時の雰囲気があって、おもしろいですね。

これ、回しますから、ご覧ください」

「みんな筆で書いとる、矢立てかなんかで、すらすらと、句を書いたずらよ」

「ほんにうまいもんだ。さらさらっと、書いとる」

「句もいいのがあるわ。

草刈っとる娘が、百合の花だけ残す、なんて、素敵ね、いい句だわ」

「オレは海軍大将、と威張っとる、たあ、日露戦争の日本海海戦の名残かのう。オレ、東郷元帥だぞ、なんてね」

「うん、そうだろう」

「これなんか、いいねえ。

　泣くも笑ふも袖使ふ
いかにも華族様の令嬢らしい振る舞いが、目に浮かぶようだ」

「官員さんが、テイブルで眠っとる、とは、なかなか山葵《わさび》が効いとるぞ」

「おらんとうのご先祖様も、なかなかやるのう」

「実に、いいものを見せてもらった、ありがとよ、『牛歩大人』」

みんなが、「閣下」に拍手した。

「みなさんに喜んでもらって、大変うれしく思います。

長々と、ご清聴、誠にありがとうございました」

俊は、結局、銀賞一枚だったが、思いもよらず、楽しかった。

銀賞の菱形銀紙が輝く、木馬大人の紙を、もらった。

銀紙の裏に、左に木馬、右に選者の酔波の名が書かれている。

いつか、深雪に見せたい、と思った。

梁から吊るされた菱形折り紙の長い人、金紙、銀紙の多い人、少ない人、さまざまで、「ああでもない、こうでもない」と、にぎやかだった。

岩男兄の名調子と拍子木もあり、句のおもしろさと成績に、みんな一喜一憂して、一夜を過ごした。

明治のころ、知生でもう狂俳をやっとった、という「閣下」の驚きの発表もあって、みんな興奮していた。

夜食に、熱いお茶をかけて、天魚《あめ》茶漬けが出た。

村の名物だけあって、みんな大喜びだった。

俊も、お代わりした。

大渕の華苑大人が金賞が多くて一番、「閣下」が二番、大渕の旦那は、白票ばかりで、ビリケツだったが、それでもにこにこ、みんなの顔を眺めて、満足そうだった。

華苑大人の句は、華麗で、岩男兄のは、「迷宮」のごとく、ひょうきんで、おもしろく、「閣下」牛歩大人の句は、青年団長らしく、生真面目だ、というのが、大方の評判だった。

また、明治の作品は、題も句も、いかにも明治らしくて、おもしろかった、と口々に言いあった。


晩秋、木の葉が散るころだった。

けたたましく、半鐘が鳴りだした。

一仕事終わって、アテの畑から帰っていた俊は、慌てて家から飛び出した。

組の衆の指さす先、風越山の隣りの、鷹取山のあたりに、黒い煙が上がっていた。

半鐘はガンガン鳴る、人は右往左往する。

俊は、消防の服を素早く着て、脚絆を巻き、腰に鉈と鋸、下刈り鎌をもって、家を出た。軍隊時代の非常呼集が、身についている。

急いで山へ向かった。

不気味な、黒い煙が、火事の大きさを物語っていた。

「こりゃあ、ただごとじゃ、ねえぞ。相当、焼けとる」

山が乾燥しているので、深刻だ。

村の手押しポンプは、細い山路では、担ぎ上げられず、じさまらの言うことには、仮に、みんなで担いで行っても、水がない、谷は深くて、吸い上げられん。

それ、下刈り鎌だ、こいつは、木をなぎ倒すのにいいから、持って行け、鉈も鋸もいるぞ、唐鍬もだ、と大騒ぎだ。

その間も、半鐘は鳴り続ける。

「あれえ」と、言ったまま、腰を抜かすばあさまもいた。

実際、山火事ほど怖いものはなかった。

山林に覆われた谷に住む者にとって、心底、許せないものだった。

消防団の衆はもちろん、大人は、足腰立たない衆を除いて、あらかた、駆けつけたが、鷹取山への山路は、相当急な上に荒れていて、山に慣れた村の衆でも、大変だった。

山は、猛火に包まれ、怒り狂っていた。

燃えに燃えていて、熱い熱い。近寄ることもできなかった。

枯葉が雑木林を覆い、火が走った。まるで、火の津波のようだ。

山の斜面を、火が舐めあがっていく。

尾根では、火が、風をおこして、飛んでいる。

杉林が、桧林が、音をたてて、燃えている。

一面に燃え広がり、最初、手の付けようもなかった。

高々と、炎が上がり、人を嘲笑うかのようだった。

傾斜もきつく、足場も悪かった。

水は、一滴もない。

全員、必死になって、杉の枝で火を叩き、唐鍬で土を掘って、火にかけた。

消火活動は、難儀をきわめた。

気ばかり、焦った。

火のきそうな所から火道を切り、延焼を防ぐように、皆の衆が、力を合わせた。鋸や鉈で木を伐り、下刈り鎌で細い木や草をなぎたおした。

日が暮れても、火はとどまることなく、さらに、広がった。

夜の暗闇に、猛火の海が、あっちの山に、こっちの谷に猛威を振るい、夜目にも鮮やかに炎が、高く上がっていた。

空が、明るかった。雲に、火影が映っていた。

消防団長の熊兄の指示で、消火に当たった衆は、代わるがわる小休止をとり、短い仮眠をとった。

翌朝早くから、近隣の消防衆が大勢、加勢に駆けつけてきた。

女衆も、どうなるか、と真っ青な顔で、三々五々集まって、不安そうに山を見ていた。中には、もうずっと消えないんじゃないか、と言って、泣き出す姉さもいた。

女衆は、婦人会や五人組の衆が、それぞれ呼びかけて、おにぎりや飲み水の用意をして、次々に、山へ登って行った。

従軍看護婦だった保健婦の靖子は、保健所の仲間と、火傷薬や包帯をいっぱい救急箱に詰めこんで、駆けつけてきた。

鎮火するのに、五日もかかった。

監視要員を残して、男衆も女衆も、やっと、山を下りた。

風が強くなかったのが、よかった、と、帰ってきた消防衆は言いながら、女衆の用意した茶碗酒を飲んだり、おにぎりやをたくわんをつまんだりした。

「ああーあ、くたびれたあ」

と、そこらに寝っ転がる連中も多かった。横になったかとみると、もう、眠っていた。

火傷をしたり、怪我をした人もいた。臨時のテントの中で、保健所の職員が、手当てをしていた。

俊も、まず山へたどり着くまでが大変で、坂がきつかった。

「山は、燃えに燃えとって、熱い熱い。近寄ることもできん。風を起こして、火は、飛ぶし、怖かったなあ。

もう、必死で、皆の衆といっしょに、火道を切った。とにかく、くたくただ」

俊は、ふらふらになって帰ってくると、ものも言わず、たくわんを噛みながら、茶碗酒を一杯飲んで、がつがつ握り飯を口に放りこみ、寝所に倒れこんだ。

二昼夜、死んだように眠った後、そんな風に話した。

大渕の旦那が、花子姉さんの実家の造り酒屋から、銘酒「華」の大樽を取り寄せて、寄り合い所に運びこんだ。

ご苦労振る舞いだ。

山へ行った衆は、だれでも、好きなだけ、飲んでくれ、と、旦那が言った。

肴も、雑魚の甘露煮やら乾き物やら、あれこれ、添えられていた。

町の醸造家の花菱も、一樽、見舞いを届けてきた。

大渕の旦那は、村の区長や消防団長の熊兄といっしょに、酒樽や一升瓶を、トラックにどっさり積みこんで、応援に駆けつけてくれた近隣の村々の村長や消防団の衆に、お礼参りをした。


年の暮れ、俊は、大渕の旦那に言われて、他の若い衆といっしょに、ボロ炭焼きに行った。

早朝から、山に登った。

大野山のやや平らな雑木林に、以前から大きな穴が掘られていた。

近くの雑木を伐り、枝ごと穴の中に放りこむ。

穴いっぱいにして、火を点け、勢いよく燃え上がったところで、土をかぶせ、蒸し焼きにする。

何日か、通い、蒸しあがったボロ炭を、取り出して、大渕家まで運ぶ。

囲炉裏、炬燵用の炭で、知生では、欠かせないものだった。

また、或る時、風越しの奥に住む炭焼き衆から、炭焼き窯を借り、炭焼きをした。

少し遠かったが、櫟《くぬぎ》や楢《なら》の雑木林から木を伐りだし、寸法を揃えて切って運ぶ。生木なので、重労働だ。

窯の中には、中腰で入れなくてはならない。

火入れをし、入口を、粘土で閉じる。

焼きあがるまでの期間は、火の具合を見定めるのが難しい。入口の小さな窓からわずかに見える火の燃えとる色や、煙突から出る薄紫色の煙で推しはかるしかない。

俊たちは、毎日通った。

炭出しも、やはり中腰でしなくてはならない。

腰が痛くなる。

顔や手ばかりか、鼻の穴から衣服はもちろん、身体中が真っ黒になった。いくら洗っても、皮膚に浸みこんでとれにくい。

俊たちが、夜業に編んでおいた炭俵に詰める。四貫俵と八貫俵があり、俊は、八貫俵を二つ、背負子に背負って、一里ほどの急な山坂を下った。


三人目のこどもが、できた。

産婆のお玉ばあさんの必死の働きで、こどもは生まれたが、まもなく、キクは、産褥熱《さんじょくねつ》であえなく息をひきとった。

死ぬ前に、なにか言いたそうだったので、耳を口によせると、

「わたし、幸せだった、
俊さんのこどもを授けてくれて、ありがとう」

と、つぶやいた。

俊の目に、涙があふれた。

ウメノは、動かなくなったキクの身体にとりつき、ゆすって、

「キク、死ぬんじゃないよ。今度、いっしょに、お伊勢さんに連れてってやるよ」と、頬ずりしながら、繰り返した。

組内だけで、寂しい通夜、葬儀を行った。裏の墓地に、小さな石を建て、戒名を彫って、葬った。

こどもは、女の子で、京子と名づけた。


こどもは、おらが育てる、と、ウメノは力んだが、乳飲み児や幼児三人の世話は、ウメノには、荷が重すぎた。

家事もあれば、何より盆作りの田やアテの畑を作らなくては、米も野菜も穫れず、食っていけない。いくら、俊が頑健でも、一人では、なんともならない。

山仕事などもやらねばならない。大渕の旦那から頼まれてもいる。

戦後の世の中は、現金がどうしても要るのだ。

キクが死んですぐ、足入れ婚として、近所の後家で、婚家から戻っていたトメを迎えた。

俊より二つ、年上だった。

色が黒く、顎の尖ったごつい顔つきだったが、丈夫そうな身体つきで、働き者だった。

働きがよく、文句も言わず、こどもの世話をしてくれる、となれば、ウメノも、もう、どんな嫁でも構わなかった。

キクの四九日ののち、祝言は行わず、伍長の登さ夫婦とトメの兄夫婦だけを呼んで、酒を飲んだ。

兄夫婦は、厄介払いができたとばかり、大喜びで、俊さん、俊さんと、しつっこく酒を勧め、自分たちも、ガブ呑みした。貧しい酒の肴を、手で鷲づかみにして、口に入れた。

兄は、何度も一人、「ああ、愉快だ、愉快だ」と、喚いた。

上の男の子と女の子をウメノに預け、乳飲み児を抱えて、盆作りやアテへ登った。粉ミルクを湯で温め、不器用な手で飲ませた。

帰ってからも、おむつを替え、風呂へ入れるのが、子育てをしたことのないトメには、ひどく新鮮だった。百姓仕事で、疲れ切った身体には、辛いものだったが、乳呑み児が小さな手ってを振って、「あぶーあぶー」と言ったり、無心に笑っている顔を見ると、自分の腹を痛めた子でもないのに、無性に可愛く、思わず抱きしめた。

ウメノは、長男の俊一を猫可愛がりに可愛がった。男の子のせいか、母親のキクに似ていたが、従兄妹同志なので、俊にも、似ていた。

しかし、同じように父親似でも、長女の冬子や末っ子の京子には、小さいときから、なぜか冷淡だった。

京子は、やっと歯が生え、たどたどしくおハナシするようになった。可愛い盛りだった。

が、それでもウメノは、抱きもせず、見向きもしなかった。

冬子は、もうおしゃまなお姉ちゃんらしく、京子をあやし、トメの用意したミルクを口に含ませ、何くれと面倒をみた。遊んでやった。

同じ孫なのに、あれじゃ、かわいそうだ、と、組の女衆がささやきあった。

少しこどもたちが大きくなると、冬子や京子に対して、真冬、戸外の炊事場で茶碗を洗わせて、小さな手が、あかぎれで真っ赤に腫れあがり、膿んで痛がるのを、知らんふりをしていたり、なにか言うことを聞かなかった、と言って、物差しでひどく叩いたりした。

「どうせ、どうでもいいことで、折檻《せっかん》とは、ねえ。継母のトメ姉でさえ、あんなにこどもらを可愛がっとるのに、……自分の孫をねえ、長男ばかり可愛がって、さ。実際、ウメ姉には、あきれちゃうよ」

俊は、こどもらを可愛がった。

俊一が赤ん坊の時から、お湯に入れたり、胡坐《あぐら》をかいた膝の上で遊ばせた。

少し大きくなると、裏の川に、魚釣りに連れて行った。

小さな竿も作った。

雑魚が一匹釣れた時は、大喜びだった。

小魚をすくう専用のセセリを編んでやった。

竹細工は、お手の物だった。

冬子も、連れてきて、猫柳のところで兄ちゃんの活躍を、見ていた。水を入れたバケツに泳いでいる小魚を指さして、

「トト、トト」

と、言った。

ヘソ渕で、平らな小石を拾い、石投げを教えた。

父ちゃんが二〇回ぐらい、水を切って飛ばすと、俊一は、目を丸くした。

やってみる、と言って、投げたら、ボチャンと、手前に落ちた。

「俊ちゃんも、じき、うまくなるぞ」

と、言ったら、

「うん」

と、答えた。

キクは、そんな親子を、うれしそうに見ていた。

俊は、キクといっしょに俊一を、盆作りやアテに連れて行った。

田んぼの畦で、タンポポの花を飛ばしたり、泥んこ遊びをした。

アテでは、小さな手で、小さな草をとった。

母ちゃんのキクが死んだ時、葬式に組の衆が大勢来て、賑やかだったので、冬子は、喜んで、飛んだり跳ねたりしていた。

それを見て、お春姉らは、目を拭った。

「かわいそうに！」

俊一は、わけがわからないながらも、しょんぼりしていた。

葬式が終わり、みんなが帰ってしまうと、冬子は、

「母ちゃん、母ちゃん」

と、言って、母ちゃんを探し、しくしく泣きだした。父ちゃんが抱っこした。俊一は、父ちゃんにもたれて、唇を噛んでいた。

新しく来た、色の黒いおばちゃんが、京ちゃんに哺乳瓶の乳を飲ませた。

知らないおばちゃんは、ごつい顔をしとったが、優しかった。

俊一も冬子も、はじめ、おばちゃんが「おいで」と言っても、なかなか近づこうとしなかった。

冬子が、県道で転んで、膝こんぼを擦りむいて泣いた時、おばちゃんは、赤チンを塗り、おまじないにフーフーと息を吹きかけ、「イタイ、イタイ、飛んでけエ！」とやさしく言いながら、抱いて背中を撫でてくれた。

冬子は、今度は、自分から抱きついて、泣いた。

おばちゃんは、赤ん坊の京ちゃんを、茶色い縞の大風呂敷にくるんで抱き、盆作りへの急な坂を登って行った。

背負板に、哺乳瓶と昼餉の飯対を、ぶら下げていた。

夜遅く帰ってくると、おむつを替え、哺乳瓶に粉ミルクをといて温め、京ちゃんに飲ませた。

俊一や冬子の夕食や、着るものの世話をした。

父ちゃんが、障子に両手で狐の影絵をして見せると、二人は、不思議そうに見ていた。

狐が、「コン」と鳴いた。

冬子は、赤い布の人形を、トメから縫ってもらい、一人でままごとをしたり、夜は、抱いて寝た。

俊一も冬子も、自然にトメになついた。

俊は、ほっとした。

朝早くから、風越の奥にある大渕の山へ向かった。
春先、田起こしの前である。
風越川を遡《さかのぼ》って行くと、小さな沢になり、水口となるあたりに、その雑木林はあった。
沢が地面に消え、湿地となっている。
日の当たる斜面に、林が広がる。
俊は、適当な太さの櫟や楢の木を見てまわり、見当をつけた木から、鋸を入れた。
径二〇センチぐらいが、いい。
木を倒すと、梢や枝を払い、幹を一メートルほどに切った。
切った丸太ん棒を一本ずつかついで、水口におろす。
生木なので、肩へずしんとくる。
さすが、力持ちの俊でも、応える。
斜面は、急な所や落ち葉で滑りやすい場所もあり、用心がいる。
立ち木の間を縫って、一歩一歩足を運ぶ。
四、五日は、水口に登ってきて、この作業を続ける。
暮れやすい帰り道は、疲れて、のろのろ坂を下った。
ついで、水口に運んだ木を、椎茸ぼたに組んでいく。
生木は重く、これも、重労働だ。
ぼたができあがると、菌打ちである。

夜業で、古い椎茸木から削っておいた将棋の駒みたいな種木を、種打ち専用の金槌で打ちこむ。

俊は、この作業が好きだった。

一の字形の切っ先で、櫟に穴をあけ、金槌の反対側で将棋の駒を、とんと打ちこむ。

菌は、三年ほどで、ぼた全体に浸みわたり、椎茸が生えてくる。

払った梢や枝に、あたりの杉の枝も下ろしてきて、日が射さないように、ぼたを覆う。

残りは、薪用に切って、干す。

半月くらいの仕事だった。

三年後、大渕の旦那といっしょに、俊は、水口に登った。

早朝だった。

春の雨で、肉厚な椎茸がびっしりついていた。

この光景は、いつ見ても、感動する。

大渕の旦那も、満足そうだった。

一つずつ、椎茸をとる。

茎の根元を潰さないように、注意が必要だ。形が崩れると、売り物にならんくなる。意外に、力がいる。

昼餉は、持ってきた鍋に水を張り、赤味噌を入れて、とったばかりの椎茸を山盛りにぶちこんで、煮る。

これこそ、椎茸狩りの醍醐味であり、この谷のご馳走だった。

働いた後なので、余計旨かった。飯対の飯も二食分みな食べてしまった。

一週間ばかり、毎朝、水口に通った。

ずっしり重い、生椎茸の大きな籠を背負って、山を下った。膝が、がくがくした。

日に何度も往復した。

雨の朝は、椎茸がぐんと増え、暗いうちから夜遅くまで、蓑笠つけて、運んだ。

大渕では、運びこまれた椎茸を、重油の乾燥炉にかけ、あとは、天日干しにして、仕上げる。

俊の家でも、もらった生椎茸や干し椎茸を、喜んで食べた。

肉厚で有名な「知生の干し椎茸」である。

三

俊は、青年仲間に、よその村や町にいる親類や学校友だちなどから、深雪の消息を聞きだそうと、頼んでおいたが、なかなかいい知らせはこなかった。

或る日、風の便りに、隣りの県の或る村に、深雪らしいきれいな人を見た、という話が耳に入った。

翌日、稲刈り前の忙しい時期だったが、用があると言って、家を出た。

俊は、胸を弾ませ、町から古いボンネットバス、大きなバスへと、乗り継いで、その村へ行った。大きな河を渡り、支流を遡ったところに、豊かそうな、その村はあった。

村は広く、あちこち聞きあわせたが、見つからなかった。

この日は帰り、折を見て、また二度、三度出かけた。それでも、なかなか見つからなかった。

そのうち、耳寄りな話が舞いこんだ。

この村の素封家で、村会議長をやっている熊谷家の若奥さんではないか、という。

やや高まったところに、長屋門を構え、黒塀に囲まれて、昔は大庄屋だったにちがいない、豪農の邸があった。

横手には、白い蔵が二つ、並んでいる。使用人たちの住居や作業場らしい建物も見えた。

俊は、気おされて、とても尋ねて行く勇気は、出なかった。

しかし、その若奥さんが深雪かどうか、確かめずにはいられなかった。

どうしても、会おうと、思った。

会えるまで、この村に通おう、と思った。

バスを乗り継いで、三回、四回と、出かけた。

或る冬の日などは、帰りの最終バスに乗り遅れて、町から一里半（約六キロメートル）の、星のない真っ暗な道を、歩いて帰った。目を凝《こ》らし、手探りで進んだ。はるか下で、谷川が激しい音をたてている。崖から落ちないように、耳をそばだて、足踏みして、溝や立ち木に注意を集中した。

山側の岩に何度もぶつかり、顔に擦り傷ができた。

深夜、やっと家に帰りついた。

囲炉裏の榾が、灰になっていた。

トメが、こどもの足袋を毛糸で編んでいたらしく、待ちくたびれて、かたわらで眠っていた。

「おい、おい、風邪ひくぞ」

と、俊がトメを揺り起こした。

トメも、母親のウメノも、どこに出かけるのか、聞かなかった。

もう、一年が経とうとしていた。

秋の日だった。

どこの田んぼも稲の実りの時期を迎え、陽に映えて黄金色に輝き、村は豊穣の香りに包まれていた。

いつものように、村へやってきた。

終点でバスを降り、邸の方へ歩いて行くと、向こうから、女がやってきた。上品そうな着物姿だった。
五、六間のあいだをおいて、ふたりは立ち止まった。
「深雪だ！」と、俊は思った。声にならなかった。

深雪は、ぱっと顔を輝かせ、うれしそうに微笑んだ。

そして、丁寧にお辞儀をした。

俊も、つられて、「やあ」と言った。

ふたりは、もう少し近づき、立ち話をした。

話すことは山ほどあったが、取りとめもないことしか、口にできなかった。

高価そうな着物を身にまとって、一段と磨かれ、上品になった新しい深雪を見て、俊は、少し怖じ気づいた。

かたわらを、ときどき、鍬を担いだ村人や商人風の男が通りかかり、深雪に丁寧にお辞儀をする。その度に、深雪も挨拶を返し、一人、二人には、短く礼を言ったり、「あのこと、よろしゅうね」などと、答えた。

周りは、そろそろ早米の稲刈りが始まっていて、黄金色の田に、人の影も見えた。

陽はまだ高かったが、この日は、あっけなく、ふたりは別れた。

ただ、一と月後の、とある日、昼前のバスで、終点より五つ手前の天堤《あまづつみ》という停車場で降り、左側の畑の先の雑木林の中に、作業小屋があるから、そこまで来てほしい、と言った。

わたしは、四つ手前の停留所までバスで先に行き、そこまで歩いて、小屋の中で待っている、という。

そこは、畑も林も、作業小屋も、家の土地だから、だれも来ないし、だれにも見られずにすむ。

ゆっくり話ができる。

「ああ、夢みたい。……もう一度、しっかり顔を見せて。……二度と俊さんに会えないと、思っとった。

……諦めてたの」

と、言って、細い人差し指で目を拭った。

昔と同じように、俊と話す声に、艶があった。

秋の釣瓶《つるべ》落としに、日は暮れかかったが、まだ、薄明かりが残っているうちに、家に着いた。

トメは、まだ、アテの畑から戻っていなかった。

ウメノは、冬子に、茶碗や箸を入れた高膳の洗い方が悪いと、うるさく文句を言っていた。長男の俊一は、買ってもらった積み木を積んで、遊んでいる。

俊は、裏に干しておいた茅をそろえて、運びこみ、夜業の炭俵を編みだした。

暗くなって、トメが戻ってきた。竈に火をつけ、裏の畑から穫ってきた菜っ葉の残りで、味噌汁を煮た。

京子に食事をさせ、寝かせつけた。

俊は、一升瓶から茶碗酒を呑んだ。

夜遅く、トメは、疲れ切った身体を蒲団に横たえると、すぐ寝息をたてた。

俊は、久しぶりに見た深雪の姿を思い浮かべた。

なんという上品な若奥さんだろう。

高価そうな着物が、よく似合う。

今日見た深雪を忘れまいとするように、何度も反芻した。

「ああ、深雪だ。なんて、きれいなんだろう」

と、思った。

興奮して、長いこと、眠れなかった。

あれは、俺が兵隊へ行く前だった。

いっしょに暮したのは、一年にもならなかった。

深雪が十七、俺が十九、若かったなあ。

俺たち、夢中だった。盆作りの田んぼの奥の、岩陰に行ったときなんか、深雪は、震えとった。

ほんとに、深雪は、いい女だったなあ、思いだしただけでも、胸がどきどきする。

俺と、相性がいいのかな。祝言のとき、最初に会った瞬間から、ものすごく気に入って、こんなにいい女が、貧乏な俺の嫁になってもいいのかって、思ったもんだ。

ほんとに、思った通りだった。

深雪は、最高の女だった。

そこへいくと、今日、何年ぶりかで会った深雪は、どうだ。

一段と艶やかっちゅうか、ちょっと近づきづらいところもあるくらい、品がよくなって、……ほんの少し、ふっくらしたかな?

いくつになったんだろう。俺より二つ下だから、二十五か。

でも、あれは、俺の深雪だ。俺の嫁さんだ。

絶対、連れ戻すぞ。

もう、離さんぞ。

死ぬまで、絶対。

白山様に誓って、仏さんに誓って、死ぬまで深雪を、離さんぞ。

外が明るくなっていた。

盆作りの棚田は、ちょうど、稲刈りの時期になった。

半道の坂を登って行くと、二〇〇枚ある棚田のあちこちで、稲刈りが始まっていた。近くの田で、稲穂の影から顔をあげた村の衆に声をかけ、俊は、自分の田を見まわした。

朝陽に照らされた黄金色の田んぼの眺めは、最高だった。一年の労苦が実った、何よりの恵みだった。

俊は、心の底から、ありがたいことだ、と思った。

家の田の中ほどにある「ひょうたん」の例の岩は、この陽を浴びた黄金色の中に二つ、島のように浮かんでいた。

深雪が、おもしろいと言った。

俺は、それまで気がつかなかったのだが、今見ても、実際、豪勢な景色だなあ。

トメも、あとからやってきて、昼餉の飯対や、やかんを屋根だけの休憩小屋におき、隣りに並んで、稲を刈りはじめた。

稲刈りがすみ、稲架《はざ》に干した。

稲束が乾くころ、背負板で背負って、坂を下った。

終日、脱穀機を足で踏み続け、しまいには、さすがの俊も、足がしびれた。

夜は夜で、縄をなったり、草履を編んだりした。

一と月は、瞬く間に過ぎた。


雲の厚い、今にも降りだしそうな日だった。

林の中は、薄暗かった。

俊は、木の根に躓《つまず》きながらも、駆けて行った。

作業小屋で、深雪が待っていた。今日は、地味な洋服姿だったが、白い顔は明るかった。

俊は、深雪の姿を見ると、走りよって、飛びかかり、両手をひろげて、抱こうとした。

しかし、深雪は、首を横に振り、「ここに、座って」と、自分の隣りの座布団を指さした。

その仕草も声も、俊には、たまらなく懐かしい、愛《いと》おしいものだったが、一段と落ち着いて、良家の若奥さんらしい風格があった。

俊は、一歩のところで止まるほかなかった。

深雪の眼を見つめながら、俊は、言われるままに座った。

深雪は、今の暮らしぶりを低い声で話した。

こどもが一人、男の子がいること、家族は、夫のほか、おじいちゃんとおばあちゃん、男衆や女衆も七、八人いる、という。

夫は、村会の仕事や役職が多く、家にいることは、少ない。

彼のことをどう思っているか聞くと、とても立派ないい人だ、わたしらを大事にしてくれる、と言った。

しばらく黙ったあと、深雪は、急に肩を震わして、顔を手で覆った。

俊は、途方にくれたが、手を伸ばして、深雪の背をそっと撫でた。

深雪は、近々と顔をよせて、しゃっくりあげながら、ささやいた。

「忘れられんの、アンタが、どうしても。

いまでも、アンタが好き。俊さん、アンタしかいないの。ほんとに好きな人は。

でも、だめなの、わたしには、こどもがいる。この子さえいなかったら、すぐでも、アンタと駆け落ちでも、なんでもするんだけれど、それは、だめ。どうしても、できない」

雨が降ってきた。林の中にも、雨の粒が落ち、前の畑に雨の幕が下りた。

ふたりは、目と目で、さよならを告げ、濡れそぼれて、二つのバス停に向かって歩いた。

やっと会えても、深雪の態度は、変わらなかった。心の底からうれしそうな表情を見せ、声も胸も弾んで話した。

俊を見る目が潤み、声も艶やかで、その想いがまっすぐに俊に伝わった。

いろいろと細かな心遣いも見せた。

しかし、手こそ、しっかり握りあったが、それ以上のことは、さりげなくかわされた。

「……許して」

と、かすれ声で言った。ほんとにすまなそうに身を揉んだ。

深雪が聞いた。

「俊さんは、こどもいる？」

「三人、男一人に女の子二人」

戦地から帰ると、従妹がいて、田畑の仕事をしとった。

三人目が生まれる時、産褥熱で死んでしまった。

かわいそうに。

こどもは、何とか助かったんだが。

二人のこどもが小さいのに、乳呑み児がいるので、近くの出戻りをもらった。

これが、自分の産んだ子でもないのに、よく世話してくれて、こどもらも、なついとる。

深雪は、黙然と、聞いた。

深雪にも、男の子が一人いる。

ふたりは、思いに沈んだ。

こどもの顔が浮かんだ。深雪は、目を閉じた。

そして、深雪は俊のことを、俊は深雪のことを思った。

これからのふたりのことを思った。

ふたりは、長い沈黙ののち、辛そうにたがいの顔を見た。

俊が、顔をほころばせた。

深雪も、暗い顔で、寂し気に笑った。

歳月は、ふたりに重い荷を負わせていた。

ふたりは、その後、ときどき重い口で話しあったが、かといって、二度と別れることは、できなかった。

やっと、ふたりは、会えたのだ。

「ああ、俊さん、わたしたち、どうしたら……」

ふたりは、葛藤の日々を送った。

出口は、なかった。

懊悩《おうのう》を背負って、生きていくほかない。


深雪は、しきりに、知生の村人のことを、聞きたがった。

組の伍長で、ふたりの仲人だった丸兄やおコソ姉、組の女衆の一人一人のこと、大渕の旦那や花子姉さんのこと。

終戦直前、壊滅的空襲を受けた海軍工廠から、美代子が無事帰ってきて、青年団の演芸会で熱演したこと、奈良航空隊から復員してきた典夫と結婚して、もう、こどもが二人もいる。

のど自慢の甚四郎じいは、去年、死んだが、若い時から、杉皮剥きの名人だ。

深雪も知っとる通り、昔から知生の家は、みな大屋根に杉の皮を敷き、丸太を四つに割ったのを並べて、抑えに大きな石を乗せる。

五年ごとに替えんと、雨漏りするようになる。

どこの家でも、葺き替えは、大変だ。

うちだって、いくら小さくとも、厄介だった。

大渕の旦那のとこなんか、二階の大屋根が広いし、入り組んでいるんで、大勢の人工《にんく》が必要だ。

甚四郎じいは、高い杉の木に、腰縄一本で軽々と登ってね、小さな鉈《なた》で、四尺（約一・二メートル）ごとに切れ目を入れ、木の皮をあっという間に、剝いでしまう。簡単のように見えるが、これは、長年の熟練のたまものだ。

すごい腕だったな、あのじいさんは。

それで、じいさんの死んだあと、ばあさんは、隠居所へ引っこんだんだが、おとぎ話のような小さな家でね、村では、「じんしょろりんばあさん（甚四郎ばあさん）」って、呼んどるよ、いま。

「ふーん。おもしろいねえ。わたしも、あのおばあさん、よく覚えとる」

「ぼっとり」って、知っとるだろ？

竹の筧《かけひ》から、こう、水を受けて、いっぱいになると、杵を持ち上げて、石臼の米を突く、あの簡単な精米小屋だ。

「丸兄さんとこの『ぼっとり』を、よく使わせてもらったよ」

そうだったな、あれだあれだ。

「じんしょろりんばあさん」の家はね、「ぼっとり」みたいだって、みんな、おもしろがって、言っとるよ。四畳半だけの一間で、「ぼっとり」みたいに、小さくて真四角なんだ。

一尺四角の囲炉裏が切ってあって、冬は、炬燵にして、足を突っこんで寝る。それが、熱すぎるときは、「オカ」で寝る（炬燵に足を入れないで寝る）。

狭い軒下に、鶏が二、三羽いて、ばあさんになついているんだ。

孫たちがくると、あの小柄なばあさんに、出刃包丁で咽喉を切られて、足をもって逆さに吊るされちまう、なんて、知らない、よな、鶏は。かわいそうに。

猫の額のような畑から、青物を採り、味噌汁を一椀作ったり、好きな芋粥を煮たりする。

春先なんか、障子を開けて、日向ぼっこをしながら、うつらうつら、しとる。

おふくろや組の女衆も、ばあさんにやさしく、ときどき声をかけてね、大根や人参、甘柿や蜜柑を、届けとるようだ。

「じんしょろりんばあさん」は、そのたびに、皺だらけの顔をぐしゃぐしゃにして、泣いとるのか、笑っとるのか、わからん顔で、バカ丁寧に頭を下げるんだ、それが、なんとも、かわいらしい。

深雪が、楽しそうに笑っている。

ああ、この笑い顔だ、深雪の素晴らしい笑顔だ、と、俊は、胸が騒いだ。

岩男兄は、元気だ。金歯の弥次郎は、相変わらず、金歯を光らせて、地芝居をやりたがるのだが、みんな、話に乗らんようだ。ラジオが、あるからなあ、今は。

そうそう、深雪の親しかった春ちゃんは、結婚して、大阪に住んどる。和恵さは、隣り村の大工さの嫁さんだ。

風越のおじちゃんは、赤紙がきて、どっか、ビルマのほうで、戦死した。

えっ、あんなおじさんたちまで。

俺と同じころ、入隊した滝瀬の孝一君、深雪も知ってるだろ、あいつは、サイパンで死んだ。あの連隊は、サイパンの玉砕で、全滅だからな。

「かわいそうに、おばちゃんも、辛いだろうねえ。えっ、こども三人抱えて。……姉さんも大変だねえ」

知生じゃ一八人、戦死しとる。

一八人も！

中島の昭ちゃん、まだ若くて予科練だった。俺より一つか二つ、下だった。あいつは、回天だ。深雪も、知っとるね。

ふーん、そうなの、昭ちゃんも、なの。

靖夫さんは？

靖夫は、元気だ。

入隊したけど、内地勤務で、俺より先に帰っとった。

隣村から嫁さんもらって、こどもも一人、おる。

相変わらず、いっしょに蜂の子追いをやっとるよ。

博夫や功は、帰ったが、勝則君は、中国戦線で戦死、昇は、フィリピンで戦病死だ。

みんな、戦争で大変だったわねえ。知生だけで一八人も死んだんだって？

うん。

ほかに、負傷して苦労しとった連中も多かった。深雪は、知らんだろうが、春木のおじさんも一本足になった。

戦後は、外地からの復員やら、引き揚げで、村は五〇〇人ぐらいにふくれあがって、にぎやかになった。運動会も、できるようになった。

わたしのいたころは、運動場が全部芋畑になっとって、とても運動会どころじゃあ、なかったもんねえ。

演芸会や、金歯の弥次郎さの地芝居なんかもあってね。

盆の跳ね太鼓や、祭りの神輿もでるようになった。

懐かしい、一度だけ見たけど。


そういえば、入隊前の年の暮れの地震は、大きかったなあ。

あの日は、昼餉がすんで……。

そうそう、怖かったねえ。

ふたりとも、家におった。

ぐらぐらっときて、上がり框のとこで、俊さんの手に摑まっとったこと、よく覚えとる。

うん、あん時は、東南海地震で、屋根の石は、一個も落ちなんだが、あと、屋根に登ってみたら、石がずれたりしておって、ひやっとした、な。

家の外へ逃げて、石が落ちてきたら、一貫の終わりだ。

俊さんが、入隊した二、三日後に、今度は、夜中に大きな地震があったね。

ああ、俺も知っとる。

三河湾大地震。

兵舎におって、夜中に、揺れた揺れた。叩き起こされた。

ラッパが鳴った。非常呼集だ。

蒲郡なんかの海岸の衆が、津波で大勢死んだ、負傷した衆も多かったようだ。

わたし、寝床に入って、入隊した俊さんのこと考えとって遅く寝たんだけど、凄く揺れて、目が覚めた。

朝、時計見たら、午前三時半過ぎで止まっとった。

家がみしみし、障子や板戸が大きな音をたてて、家が壊れるんじゃないか、と思った。

立っておられんぐらい、揺れて、ね。

俊さんがまだおった時の地震より、今度のほうが、大きかった気がした。

俊さんが、おったらなあって、思った。

おっ母さんといっしょに、柱のとこで、震えとった。

外で、ボタッ、ボタッと大きな音がしとった。

何の音か、わからなんだ。

すごく揺れとって、怖くて、そんなこと、考えるひまもなかった。

朝になって、見たら、屋根の石が五つ六つ、落ちとった。家の前に、三つばかり、裏の石垣の下に二つ三つ。

慌てて外へ飛び出しとったら、と、ぞっとした。

組のお春姉んとこでも、落ちとったし、多い家じゃ、十個以上も、落ちたって、言っとった。

夜中だったんで、村で、怪我した人は、おらなんだけど。

そりゃ、大変だったなあ、だれが、落ちた石、屋根に上げてくれた？

組の登兄さんがやってくれて、配給煙草の「光」、お礼にやったら、すごく喜んだ。

俺も、家のこと、心配しとった。あんなあばら家で、壊れなきゃいいがって、思っとった。

だが、新兵でも何でも、兵力が要る、もう、負け戦になっとったからな。三か月ぐらい速成の新兵教育受けて、もう、戦地の某方面に移動になっちゃって、汽車に乗せられ、どっかから、船に乗った。行く先も知らされなんだ。手紙も出せなんだ。

怖かっただろうな、地震。

家の外へ飛び出さんでよかった。夜中だって、びっくりして飛び出すこと、あるからなあ、誰だって。


三か月ぶりに会った時だった。

俊は、愛用の信玄袋を肩に、やってきた。

「わあ、懐かしい」

深雪は、思わず声を上げ、信玄袋のごわごわした布地を撫でた。

「大野山の野宿の時ももって行ったし、いつも俊さん、肩に引っかけとったもんね」

この時以来、俊は、この信玄袋に、深雪のもってきた白い厚手の毛布を入れて、会いにきた。

俊は、信玄袋から、新聞紙に包んだ石楠花《しゃくなげ》の花を二、三本、取りだした。

深雪の目が輝いた。

「なんて、きれい！　よく、俊さんが採ってきてくれて、竹筒に入れて、柱にぶら下げとったねえ」

俊が言った。

「昨夜は、深雪のこと、いろいろ考えだしたら、いつの間にか、夜が明けちゃって、……眠い眠い」

毛布の上で、向かい合って話していた俊に、深雪は、横座りした脚を指差し、

「枕よ」

と言った。

深雪の太腿の上に頭を乗せ、俊は、すぐに眠ってしまった。

目が覚めると、俊は、気持ちよさそうに伸びをした。

そして、寝たまま、くるりと深雪の方を向き、顔を身体に擦りつけながら、腰に手をまわした。

深雪は、「くすぐったい」と言って、笑いながら、俊の手を優しくほどいた。

肩を落として座りこんだ俊の背中を、深雪は、黙って、後ろから抱きしめた。

乳房の大きい感触が、背にあった。熱かった。

深雪の唇が、肩を這った。

深雪の匂いがした。

夕方、深雪は、石楠花の花を、大事そうに抱えて、帰っていった。

次に会った時、祝言の話が出た。

そう言えば、祝言で、初めて深雪に会ったとき、懐かしいなあ、そんと時、深雪が「わたし」って、あのおっとりした声で言ったんだ、優しそうでいいなあって、思ったよ。胸が、どきどきしたのを、よく憶えとる。

深雪の「わたし」は、知生の「おれ」や「おら」「うら」、「わたい」や「わし」と、言葉は割りと近いが、言い方が少し違う、と思った。

深雪のお父っつぁんやおっ母さんも、おっとりした話しぶりで、人のいい衆だなって、思った。特に、お父っつぁんは、深雪によく似とった。

川が違ったり、峠を越したりすると、言葉が違う。

川や谷ごとに、うーん、それから、峠を越すと、言い方が少しずつ、ね。同じ言葉でも、荒くなったりするんだ、おもしろいねえ。

西の山を越すと、あっちは、矢作川の上流になるんで、名古屋、尾張の訛りが入ってくる。名古屋弁そのものじゃあ、ないんだが、「そうだ、ナモ」とか言う。川を伝って、くるんだなあ。

風越山の向こうの上山田村に入ると、言葉が変わってくる、「われ（おまえのこと）」とか、「我党等《わとんとう》（おまえら）」なんて言う。

ここは、昔、天領（幕府の直轄地）だったんで、誇り高くって、ね、言い方が、これでも、まあ、優しいんだけど、川の下流になる下山田村に一歩入ると、旗本領だったせいか、どうか知らんが、「われ（おまえ）」「おめた（おまえら）」と、似ているようだけど、言い方がすごく、きつくなる。

川続きで、境もそんなに通りにくいわけじゃないのに、な。

「おめた(おまえら)、悪さ、すんでないぞ」

「なによ、こく(言う)。そんなこたあ、せん」

なんて、まるで、喧嘩しとるみたいだ。

でも、それが、普通のしゃべり方だから、聞いとる方は、呆れちゃうよ。

そのくせ、「ありがとうございましたった」なんて、馬鹿丁寧に言うから、おもしろい。

「よく知っとるねえ、学校の先生みたい」

大渕の旦那さんの仕事で、あちこち、出かけたからなあ。

谷によって、言い方があんまり違うんで、最初、不思議だったんだ。それから、峠を越えると、また、違う。それで、自然に覚えちゃった。

もっと、先に行くと、ここは、天竜川の支流で、また、言い方が柔らかくなるから、不思議だ。

知生と同じ、「おれ」「おら」「うら」なんだなあ。

でも、山に木を伐りに行って、「伐って伐って、伐りまくった」なんて、言う。木を伐りに山へ入ったんだから、木を伐るのは当たり前なのに。まあ、一生懸命、たくさん伐ったってことかなあ。

村祭でも、なんかの舞を、「舞って舞って、舞いまくった」って、言うんだ。

最初聞いたときは、なんか、大げさな気がしたぞ。

深雪の里じゃ、言っとらんようだったけど。

深雪が、うなずいた。

「郎党《ろうどう》」って、聞いたことある？　国境いを越えた村で、ね、「親戚」のことを、「郎党」って言うんだって、
これには、びっくりしたなあ。

「一族郎党《ろうとう》」って、普通言うけど、「郎党《ろうどう》」って言うと、なんか、大昔の武士が言っとるみたいだ。

ふたりは、しんみり話を続けた。

「風越山は、わたしらの富士山、山の上から日が当たる、なんて、深雪は、歌の文句のようなこと、言っとったな」

と、言うと、

「いい山だったねえ、知生のこと思いだすと、あの山が浮んでくる」

と、遠くを見るような眼をした。

あの山を見るとき、そばに、ちゃんと俊さんがいたもんねえ。

盆作りの「ひょうたん」、あの中の岩二つ、あれは、深雪が見つけたんだよ、と、俊が言った。

「ふふふっふ」と、うれしそうに深雪が笑った。

「懐かしいわあ。

それから、あの『天魚《あめ》茶漬け』。

あの味は、絶対忘れられん、俊さんの味。また、食べたいなあ」

鮎も美味しい魚だけど、「天魚茶漬け」には、敵わない、と、深雪は言った。

五平餅もね。

俊さんが入隊する前の日、おっ母さんもいっしょに、食べたねえ。

おっ母さんは、一言、

「死ぬなよ」

って、言っとった。

俊さんったら、一本一合の五平餅、三本も平らげたよ。

でも、翌日は、俊さんが征ってしまうんだって、戦争に征ってしまうんだって、もしかしたら、戦死しちゃうかもしれん、って思って、悲しい五平餅だった。

そうそう、と言って、袋の中から、襟巻を出してきた。

「知っとる？」

深雪は、襟巻を首に巻いた。

「うん」と、俊は答えた。忘れるわけがない。

俊も、ポケットから、白山様のお守りを出した。

深雪は、俊が入隊する前夜、頬ずりし、胸に押し当てたことを、思いだした。

「どうか、帰ってきて」

って、お祈りして、千人針の中に縫いこんだお守りだ。

俊は、俺の宝物だ、といって、大事そうにしまった。

「入隊した連隊は、中国戦線へ行った」

俊が、初めて、戦争中のことを、口にした。

来る日も来る日も行軍。晴れた日は暑くて暑くて、道は乾ききっとって、砂埃がもうもう、全身砂だらけ、汗まみれだ。

それが、雨になると、たちまち道はどろどろ、軍靴が埋まっちゃって、泥から足をあげるのもやっとだ。前になかなか進めたもんじゃない。疲れたなあ。

さすが大陸、大平原で、山もなければ、丘もない、行けども行けども、真っ平らで景色は変わらん。同じような畑が、続く。

長い行軍だった。

小さな村へさしかかったとき、敵の待ち伏せに会って、苦戦したんだ。あっちに伏せ、こっちに隠れ、しのぎにしのいで、一昼夜、眠る間もなかった。

機関銃で兵隊が、大勢、やられた。負傷兵も出た。

もう、くたくただった。

やっと、敵を撃退して、村に入ったら、家も土塀も、砲撃で崩れて、路地なんか、うず高く土が埋まっとって、とても、通れん。

敵兵の死骸も、たくさんあった。

惨憺たるもんだった。

そこへ、どこからか、纏足《てんそく》のばあさんが現われて、何事もなかったように通って行ったのには、驚いた。

近くに、管仲《かんちゅう》とかいう宰相の墓がある、と、小隊長殿が、この人は、どっかの大学を出て、幹候出身の少尉だったが、言っとった。

村の一戸一戸を、虱潰しに見てまわっとったら、崩れた家の前に、六つか七つの女の子が、一人、立っとった。

われわれを見ても、怖がりもせん、逃げもせん。

ぼんやりしとる。

汚れた服着て、顔も手足も、泥だらけだ。

食べ物をやったら、にこりともせんで、ひったくって、がつがつ食べた。

「爸爸《パーパ》（お父ちゃん）？」

「媽媽《マーマ》（お母ちゃん）？」

って、だれかが聞いたけど、返事はせなんだ。

砲撃で、二人とも死んでしまったんだろうなあ。

また、敵の大砲の音がしだしたんで、そのまま、小隊は散開して、戦闘態勢に入った。

だから、女の子を保護して連れて行くわけにいかん。白兵戦になりそうだったから、ね。

「ときどき、女の子のこと、思いだすよ」

深雪は、言葉もなく、俊を見つめた。

或る日、俊の顔を見るなり、

「ああ、俊さん、……」

と、言って、俊の胸に顔をつけて、声もなく泣きだした。

幼な児のように、いやいやをしている。

どうしたの?

何かあったの?

聞いても、返事はなく、頭を力なく振るだけで、辛そうに泣き続けた。

「龍ちゃんが……」

しばらくして、咽喉から声を絞り出した。

俊は、暗澹たる思いで、深雪の背を撫でていた。


残暑で日は暑かったが、風の強い日だった。

深雪は、青い顔をして、やってきた。

「どっか、悪いの?」

と、俊は、思わず聞いた。

深雪は、力なく首を横に振り、何か言おうとして、両手で顔を覆った。

「どうしたの?」

と、聞いたが、何も答えない。

肩を、震わせている。

風が、小屋を揺すった。

かすれた声がした。

「今日で……、最後にしましょう」

「えっ？」

「もう、会うのは、やめにしましょう」

「……」

「引き裂かれそう！

……でも、そうしなくては」

深雪は、俊の顔を、真っ直ぐに見た。

「決心したの、わたし」

俊の手を、両手で握り、強い目で見つめた。

「さようなら、俊さん」

そう言って、小屋を足早に出て行った。

風が、大きな音をたてた。

深雪は、こどものことは、一言も言わなかった。

ただ、「会うのは、最後にしましょう」と、言った。

言わなくても、こどものためだ、それは、俊にも、わかっていた。


村の夕暮れ時だった。

鰯雲が、空を埋めていた。

俊は、傾斜の強いアテの畑の端に腰をおろして、一休みしていた。
涙が、にじんだ。

　船を見つめていた
ハマのキャバレーにいた
風の噂はリル
　上海帰りのリル　リル

昔聞いたメロディが、蘇えった。

リル　リル　どこにいるのか　リル
　だれかリルを知らないか

仕事を放って、魚釣りに行った。
流れの中に、女の顔が浮かんだ。
瀬の音に、艶やかな声があった。
靖夫をさそって、蜂の子獲りに行った。
がむしゃらに野を駆け、山をよじ登った。
蜂の子の戦果はあったが、依然として、ぽっかり穴が空いていた。
苛立ち、もって行きようのない憤怒。

一と月もすると、俊は、仕事が手につかなくなった。

盆作りにも、アテにも行って、稲刈りや畑の手当てもしなくてはならん、大忙しの時期なのに、バスに乗った。

深雪と会った作業小屋のあたりを歩き回って、帰ってきた。

深雪に会えるわけはなかった。

それでも、行かずには、いられなかった。

また、出かけた。

深雪と再会した村の道をたどった。

田んぼは、稲刈りがあらかたすんで、黒々と、冷え冷えと広がっている。

稲架に、稲束がかけられている。

脱穀機の音も、聞こえた。

村を一回りし、城のような、と、俊には思われた、高まった丘に構える、熊谷の館を遠く眺めた。

黒い塀が、目に焼きついた。

茅葺《かやぶ》きの屋根に蓬《よもぎ》の生えた食堂に入り、親子丼を頼んだ。

「旦那は、どっちだね？」

店のばあちゃんが、前掛けで手を拭きながら、聞いた。

「下《しも》（川下）だ」

三日後、また、バスに乗った。

天堤のあたりは、紅葉の真っ盛りだった。

人がいないのを確かめて、作業小屋に入った。

ぼんやり、時間を過ごした。

深雪の面影が、次から次へ浮かんだ。

夕方近く、小屋を出た。

夕陽が、山の端にかかり、光の束が筋となって、紅葉の山に降りかかった。

見る見る、陽が落ちた。

大渕の山仕事が忙しくなり、しばらく出かけられなかったが、一切りつくと、また、バスに乗った。

夏刈っておいた干し草を細かく切って、盆作りの田に入れておかなくてはならなかったが、翌日にまわした。

村の、まだ知らないあちこちを歩きまわった。

狭い谷に入った。

小路から川原に下り、岩を嚙んで流れる川を眺めた。

天魚《あめのお》のいそうな谷だな、と、釣り師の俊は、目を流れに向けた。

春先が、いいんだが。

毛鉤《けばり》を、流れが岩の間から落ちこんで白く泡立っているあたりにこう振って、ああ流せば、百発百中だ。

目の下、八寸（約二六センチメートル）。でかいのが、かかるぞ。

川風に、落ち葉が舞っている。

日の当たる川原に腰をおろし、長い間、激しく流れる川をぼんやり眺めた。音が、耳に残った。

天堤の小屋は、ひっそりと人気もなく、まわりの林では、枯葉が静かに散っていた。
冬がやっと終わり、若芽の季節になった。
盆作りの田には、一面に蓮華の花が微風に揺れていた。
畦の草を削って、木槌でいぐらもちの穴を潰す作業をした。
水路や石垣の補修などをすませると、また、バスに乗った。
天堤の作業小屋につき、裏の林をぶらついた。
浅い緑の林に淡い陽が射して、林は明るかった。
あちこちで、鶯が鳴いている。
ときどき、「ケン」「ケン」と、雉の声もした。
気持ちのよい風が、秘かな音をたてる。
早春の疎林の匂いがする。
こどもの時から、俊が吸ってきた匂いだ。音だ。空気だ。陽射しだ。
山鳥が、足許から飛び立った。

俊は、心のどこかで、深雪には、もう会えないのではないか、という気がした。
二度と、会えない。
胸に、大きな穴があいた。
悲観した。

これだけ通っても、会えないとすると、ほんとうにもう、会えないかもしれない。

ひとり、酒を飲んだ。

茶碗酒を煽《あお》った。

深雪なしの人生！

深雪のいない毎日！

これから一生の間、ずっと、ずうっと。

深雪はいないのだ。

永久に。


……


「決心したの、わたし」

そう言った。

深雪は、はっきり、断言した。

「決心したの、わたし」

深雪の悲しそうな顔が浮かんだ。

決意の硬い表情が、何度も浮かんだ。

俊の手を両手で強く握り、俊の目をじっと見て、

「さようなら、俊さん」

と言った。

足早に小屋を出て行く背が浮かんだ。
立て続けに、飲んだ。
もう、会えんかもしれない。
いや、二度と会わない、と、深雪は言った。
決心したのだ。
もう、深雪は、関係ない人間か。……俺は。
深雪のことを、想っちゃいかんのか。
深雪なしの人生！
深雪なしの……。
ジョウーダン、じゃない。
思っただけで、……。ウイ。
嫌だ。
そんなことは、……俺は、嫌だ。ウイ。
どうしても、嫌だ。
頭がくらくらしてきた。
深雪なしじゃあ、生きていけん。ウイ。
頭をゲンコで小突いた。
仕事も何も、手につかん。

盆作りだって、アテだって、もう、どうだっていいぞ。フウー。

仲間とも、人とも、付きあわん。

深雪なしの人生なんて、糞喰らえ。ウイ。

茶碗酒を煽った。フウー。

深雪は、あそこにおって、……はっきりしとって、それで、会えん、とは、なんちゅうこった。

そんなこと、そんなひどいこと、って、あるか。ウイ。

深雪なし、と、決まったら、何もかも捨てて、風来坊になって、どこでもいい、どっかへ行っちまうぞ。

腰を縄で縛って、とぼとぼ歩いて、な。ウイ。

どこだって、いいぞ。ウイ……フウー。

山奥がいい。俺は、山の人間だ。ウイ。

人っ子一人おらん山ん中へ入って、はぐれ猿みたいに、一匹狼みたいに、暮らすんじゃ。フウー、フウー。

いつ、どんな風に家に帰ったか、覚えとらんかった。

気がついたら、上がり框から座敷に倒れこんで、背中に蒲団がかけてあった。

朝だった。

仲間とも酒を飲んだ。ぐいぐい呑んだ。

どうでもよいことで、ああでもない、こうでもない、と喚いた。

「俊さん、荒れとるな」

と、一人が言った。
酒が過ぎるぞ、と、別の奴が言った。
担がれて、家に帰った。
トメが詫びを言っとった。
何度も飲んだ。
「飲みすぎるぞ」
と、だれかが言った。
「俺の勝手だ、ごたごた言うな」
俊が、怒鳴った。
俊が荒れるたあ、おどけた（驚いた）なあ、初めてだ。
ま、誰だって、そういう時は、あるさ。
おめえは、しょっちゅうだけどな。
ああ、悪いか。
悪いさ、おめえは、酒乱だからな。
ハハハハハ、ごめんよ、皆の衆、俺は酒乱だとよ。
けっ、開き直りやがった。始末に負えん。
ハハハハハ。
女に振られたぐらいで、なんだ、このざまは！

なんだと？
だらしがないぞ、俊。
なにょ、こいとる(言っとる)。
女に惚れたことのない奴が、……フー。
惚れられたこともない奴が……。
なにょ、こいとる。
ああ、ないよ、悪かったな。
まあまあ、喧嘩なんか、すんな。
喧嘩は、しとらん。
俺は、な、振られとらん、ただ……。
「大体、無理があるな」
と、それまで黙っていた靖夫が、言った。
人の女房になっとるものを、追っかけるなんて。
なんだと。
どんな事情にしろ、一度別れたもんが、未練がましいぞ。
ああ、未練たらたらよ、俺は。
未練の塊だ。
悪いか？

深雪と会うな、とは言わん。

百歩譲って、会ったって、しょうがねえ。

男女のこたあ、熱が冷めてみりゃあ、どおってこたあ、なくなるわ。百日咳みたいなもんだ。

だがな、こどもは、違うぞ。

おめえが、キクさに生ませたんだぞ。

おめえが、自分で育てにゃ、ならん。

ほかに、誰が育てるっちゅうだ。

百日咳みたいに、消えやせんぞ、こどもは。

誰が育てるんじゃ。

生んだ奴が、生ませた奴が、育てるんじゃ。

親の役目だ。

あの俊ちゃんや冬ちゃんを、おめえ、捨てるのかよ。

そんなひでえこと、無慈悲なこと、するのかよ、俊。

人間の屑だぞ、そんなことする奴は。

まあまあ、靖夫、俊だって、そこんとこ、悩んどるんだ。

黙っとれ、一番、大事なことを言っとるんじゃ、今。

人間の根っこのこと、言っとるんじゃ。

そこをせなんだら、人間じゃねえ、人間の屑だ。

こいつ、叩き直さんと、いかん。

まあ、そのぐらいに、しとけ。

酒がまずくなる。

そうだそうだ。

しかし、靖夫は続けた。

第一、おめえの女房は、トメさだぞ。

おめえ、トメさの気持ち、考えたこと、あっか?

トメさの身になってみろよ。

一生懸命、こども育ててよ、自分の生んだこどもでもないのに、な。あんなに可愛がって、さ。

三人も！　下の子なんか、まだ、手がかかる年じゃねえか。

みな、おめえの、俊のこどもだぞ。三人とも。

それを、忘れるな。

おめえのこどもだぞ。

感謝しとるよ、俺は。

拝んどるよ、心ん中で。

おら、こんな説教じみたこたあ、柄にもねえ、言いたくもねえが、俺は、おめえの友だちだ、俺ぐらい
しか、俊ちゃんやトメさのこと、言う人間はおらん。

無理して、言っとるんじゃ。

おら、トメさを見とると、平気じゃおれんのじゃ。
朝、早くから真っ暗になるまで、田んぼや畑へ行っとる。あの急な山坂登ってよう。
働きどうし、で。
帰りゃ、冬ちゃんや京ちゃんの世話して、よ。
気難しい姑にも、黙って仕えて、よ。
なあ、俊よ。
おら、頭が下がるぞ。
俊は、目を閉じて、聞いていた。

盆作りの畦に寝ころんで、雲を見ていた。綿雲が、日に輝いて、浮いている。
「いない」、……これからも、ずっと「いない」。「永久に！」
その想いが、胸の奥に渦巻いていた。
……
しかし。
冗談じゃない。
深雪は、あの村にいる。
どっかへ行っちまったんじゃない。
あそこにいる。

あの邸に。あの黒塀の中に。

どうしても、会う。

なにがなんでも、会うぞ。

深雪は、俺の女房だ。

俺の女だ。

ひょうたんの二番草にかかりながら、考え続けた。

深雪をあきらめるなんて、できん。

あきらめる、だって？　なにょ、言っとる。

深雪は、俺の女房だ。

絶対、別れんぞ、深雪が別れるって、言っても、駄目だ。もう、離さん。

「俺だって、決心したぞ」

なにがなんでも、会うぞ。

深雪に会って、深雪を抱く。今度会ったら、もう、絶対、離さん。一生、離さん。

「深雪は、俺の女房だ」

俊は、日をおいては、深雪のいる、深雪の住んでいる村へ行き、隅々まで歩きまわった。


年が変わり、夏がきた。

遠く入道雲がもくもくと聳え立っていた。

夕立がくるかもしれん、と、思ったが、バスに乗った。

天堤に着いても、山の彼方に入道雲が見えた。

がらんとした無人の作業小屋をのぞき、深雪の匂いを嗅いだが、いつものように、畑仕事の鍬や備中、鎌、湯飲み茶碗、やかんなどが、あるばかりだった。

しかし、あの生き生きした目、横座りした、ドキッとするような姿態、艶やかな声までが、小屋の中に棲んでいた。

小屋の中で、柱にもたれていた。

深雪がいない、という実感が、悲しみが迫った。

ついで、緑の濃い雑木林の奥へ入って行った。

あちこち、林の中を歩きまわった。

木洩れ日の注ぐ明るい場所もあれば、高い梢に鳥のしきりに鳴いている、木々の密集した叢林もあった。

どこにも、女はいなかった。

こんな夏の暑い日に、こんなところへ、若奥さんがくるはずもないが、と、自嘲しながら、なお、ぶらついた。

しばらくして、林から戻ってくると、深雪が、作業小屋から出てきた。

俊は、息を呑み、木の陰に隠れた。

一人かどうか、確かめた。

………

ひとりだ！

走って行き、前に立った。

深雪は驚いて、立ちすくんだ。

俊は、ものも言わず、後ろも見ずに、林の奥のほうへ歩いて行った。

緑の濃い、林の叢林のあたりで立ち止まり、振りかえった。

目の前にいた。

深雪！

深雪は、怒ったような、恨めしそうな目で、俊を見ている。

と、胸を揉《も》んで、切なそうに顔を歪め、急に、腰をひねって、俊の方へ倒れこんできた。

俊は、しっかり深雪を抱き止め、唇をむさぼりあった。

再会して、初めての口づけだった。

項《うなじ》に唇を這わすと、身を震わせて、足許に崩れこんだ。

「ああ、俊さん、……わたし」

深雪は、喘《あえ》いだ。

しかし、ひとときの熱風のあと、深雪は、俊から必死の力で、自分の身体を引き剝がした。

溜息まじりに、

「ごめんなさい」

と言い、両手で強く俊の手を握りしめた。

後ろを振りかえらず、逃げるように、帰っていった。

雷が鳴り、光が走った。

ざあっときた。大粒で、激しい。

深雪が、雨に濡れただろう、風邪をひかなければいいが、と、俊は濡れ鼠になって、歩きながら思った。


長い間、会えなかった。

もう、秋も半ばになる。

この次は、ちょっと、……申し訳ないけど、来年の春ごろ、と深雪に言われて、俊は、戸惑った。

この前は、一年ぶりにやっと会えたのに、三、四か月、間があいた。

その上、今度は、来年春という。

どうしてだろう、と、家に帰っても、あれこれ考えこんだ。

口づけをしたせいか、とも思った。

いや、そんなことは、ない。

深雪は、うれしそうだったではないか。身体が、震えとった。

年越しの半年は、長かった。

応えた。

大渕の旦那に言われた山仕事を、がむしゃらにやり、仲間と酒を飲んだ。

年が変わり、春の田起こしが終わったころ、やっと会った。

俊は、深雪を抱こうとしたが、許して、という仕草をした。

この日、話はあまり弾まなかった。

ぽつりぽつり、話した。

「花」のころ、久しぶりに、里へ帰ってきたの。

「俊さんのこと、……何も話さなんだ」

俊は、黙って聞いた。

深雪は、行く前に、両親それぞれに、暖かい羽根蒲団と白い毛布を、送っておいた。

また、土産として、揃いのちゃんちゃんこと財布、手縫いの手提げ袋をもって行った。財布には、小遣いも、入れた。

弟の千太郎は、深雪の援助で、町の高校の農林科を卒業した。隠居した父に代わり、今は、田畑の改良に意欲を燃やし、山仕事にも、精を出していた。

妹の桃子は、すっかり娘らしくなって、見合い話も、ちらほらするようになった。

深雪は、二人に、小遣いを弾んだ。

千太郎は、「花」では、小学校へ上がるころ、「花の舞」を舞った。

この時、深雪は、わざわざ里まで見にきた。

千太郎は、こどもらしく、可憐に舞っていた。

中学のころに、「三つ舞」を舞った。

やはり、深雪はやってきた。

男の子らしく、しっかり舞っとって、みなの衆に、なかなか筋がいい、と言われた。

今度の里帰りで、改めて、深雪は言った。

「千ちゃんはいいなあ、姉ちゃんは、女だから、舞いたくても、舞えなんだ。今でも、悔しくって。一度でいいから、舞ってみたかった」

千太郎の話では、若い衆が都会へ出て行ってしまうんで、舞い手が少なくなって、困っとる。ほかの「花」の里の衆に、舞い手を借りたり、貸したり、だという。

夕方から、雪になった。

深雪は、久しぶりに「花」を見た。

夢中になった。

舞の中に溶けこんだ。

幼馴染の「セイト」衆といっしょに、心も身体も動いた。

夜が明けてきたころ、待望の湯囃子が始まる。舞庭《まいど》の中は、人で一杯だ。

笛太鼓の音が、突如、速くなると、煮えたぎる釜の熱湯を、いきなり舞い手が、見物衆に振りかける。

舞いながら、藁の湯たぶさで、次から次へ振りまく。

「キャアー」「アッ、アツーイ」「ヤラレタア」と、騒然。

「テーホヘテホヘ　テホホヘテホヘ」

「テーホヘテホヘ　テホホヘテホヘ」

テンポの上がった、速い掛け声。

激しい笛太鼓、もうもうたる湯煙。

湯を浴びると、幸せになるとされ、見物衆は、浴びながら逃げまわる。舞い手が追いかける。

裸電球の光が湯煙に滲み、人びとの影が、激しく動く。

右往左往する。

「まっと(もっと)、湯を撒かんかい。ケチケチすんな」

「そんな腰つきじゃあ、嬶が泣くぞ」

「セイト」衆の悪口《あっこう》が飛ぶ。

喧騒と興奮。

「花」は、最高潮に達する。

「花宿」は、湯煙の中で、水浸しになり、舞い手も見物衆も、すっかり濡れている。

深雪も、頭から、びしょぬれになった。

こどものころから可愛がってくれた、花太夫の長十郎じいさんに挨拶し、金一封を渡した。

じいさんは、しゃがれ声で、

「ありがとよ、深雪。幸せか」

と、言った。

胸にジーンときた。

降りしきる雪の中を帰った。

俊の前で、深雪は、なぜか、沈んでいるようだった。

どこか悪いのか、と聞くと、首を力なく振り、どこも悪くない、心配しないで、と、答えた。

帰りがけに、

「この次は、一〇日後に、ね」

と、青ざめた顔で、ぼそっと言い、微笑んだ。


朝から、陽射しの強い日だった。

この日は、早い方がいい、と、深雪が言うので、信玄袋を肩に、一番のバスに乗った。

深雪に会うと、睨むように見据えている強い目を、俊は感じた。

いつもと、違うな、と、ふと思った。

深雪は、何も言わなかった。

俊の前に立って、山の奥深く進んで行った。

俊には、初めての山路だった。

広大な杉林に入った。

陽が遮られ、湿気を含んで、涼しくなった。どこまで行っても、径三尺（約一メートル）もありそうな大木が、見事に育っていた。

熊谷家の台所山に違いなかった。

緩やかな傾斜の山は、手入れが行き届き、県下有数の山林地主の山らしい風格があった。

一町歩（約一ヘクタール）当たりの人工《にんく》のかけ方が違うなあ、と、俊は思った。

かなりの人数の人間が、それも、腕利きばかりが入っとるなあ、と感じた。

村の大渕の旦那のところも、相当な山持ちだが、これは、規模が違うと、俊は、舌を巻いた。

ところどころに、大きな作業小屋や木馬道《きんまみち》、よいとまけ（材木などを引き揚げる巻き上げ機）があった。

深雪が、立ち止まり、後ろを振りかえった。

ついで、と或る小径に入って、九十九折を少し登った。

今まできた路を、すっかり外れた。

小さな沢が現われ、澄んだ流れが、水琴窟のような音をたてていた。

沢の曲がり角に、隠れるように作業小屋があった。

深雪は、潤んだ「妖しい眼つき」で、俊を睨んだ。

あの十七歳の深雪と、同じ眼つきだった。

今、深雪は、二十八歳の女盛りだ。

俊の胸が、騒いだ。

ふと、気がつくと、あたりは薄暗く、谷はもう暮れていた。

ふたりは、急いで帰り支度をし、最終バスに駆けつけた。


昔、俊さんと結婚して知生におったころの、盆作りの田んぼのことや、その奥の岩陰のこと、ああ、恥ずかしい、思いだしても、顔が赤くなる。あのころ、わたしら、若かったねえ。俊さんが十九、わたしが十七。何もかも、忘れられんこと、ばっかり。

たった一年足らずだったけど。

俊さんが盆作りへ行く、あの急な坂道で、何か重いものを背負っていたとき、背負板《しょいた》を、そっと押し上げてくれた。優しい人、わたしの俊さんは、って思ったの。

そんなこと、忘れたでしょ。

もっと酷いことも、したんよ。

わたしのお尻を、後ろから突っつくんだもの。もう、くすぐったくて。わたし、思った、いやな俊さんって、ね。

真夏の真っ盛り、みんな留守で、わたしひとり。

あんまり暑いんで、行水しとったら、だれかさんに見られちゃった。

最初、気がつかなんだけど、……俊さんが、変な眼つきで、見てるんだもん。

わたし、「キャッ」って、飛び出しちゃった。

そしたら、もう、俊さんたら、服、みんな脱いじゃって、……追いつかれて、摑まっちゃった。

「思いだすこと、みんな、懐かしいなあ」

深雪は、涙ぐんだ。

「だって、わたしら、夫婦だったんだもん」

「わたしら、離縁なんか、しとらんもんねえ」

ただ、俊さんは、徴兵で行っちゃった。幟を立てて、組の衆の「歓呼の声に送られて」ね。

深雪が、打ち明けた。

俊さんと駆け落ちしちゃいたい。

でも、できない。

そこで、わたし、思った。

駆け落ちができないとしたら、迷わず、身体を俊さんに預けるほかないって。

深雪は、俊の耳に口を寄せて、ささやいた。

ああ、俊さんだ、って思った。

うれしかった。

この堅い力コブ。

絶対忘れられれん、十七んときから。

そういって深雪は、白くすべすべした俊の力コブに愛おしげに頬ずりし、噛んだ。

俊さん、アンタとこうなって、ほんとにうれしい。

真底うれしい。


夏焼きの時、山の上で、野宿したじゃない？

あの夜のこと、忘れられないわあ。

焼き畑の火が消えたか、また、燃えだしたりしないか、何度も、わたしら、見に行ったね。

近くで狐が鳴いて、わたし、怖くって。

だって、「コン」って、鳴かないんだもん。

満天の星空だった。
夜の山って、人っ子一人いない、うんと、奥の山の上だもんね。
わたしらしか、俊さんとわたし、ふたりしか、いないんだもの。
わたし、ぞくぞくした。
毛布にいっしょにくるまって……。一晩中、一睡もしなかった。
最高だった。
俊さんたら、陽が昇っても、眠らせてくれないんだもの。
ほんとに、幸せだった。
今でも、あの夜のこと、思いだす。今でも、胸がどきどきする。
一生の思い出よ。
上を向いて寝ていると、俊さんの肩越しに星がいっぱい見えてねえ。

俊が、あの時通った、立派な杉林のことを聞いた。
すると、深雪は、生き生きと山の話をした。
あの山には、谷がいくつかあって、あれは、その一つ。
日向山《ひなたやま》っていうの。
日当たりも風通しもいい、雨にも、恵まれとる一番の山で、木がよく育つの。
百年、二百年と育てる大事な大木ばかり。

ほかにも、谷筋がいくつかあって、五十年ぐらいで売るのもあるけど、住宅建築には、十年から二十年ものがよく売れるから、それ用の山は相当広いの。谷が三つあるかな？

そのあたりは、あの杉林からは、ちょっと遠い。

三か所ぐらいに分けて、順番に検尺《けんしゃく》しては伐って、しょっちゅう、山出しする。

これを、絶やさないようにする。

そのあとは、植林して、夏は下刈り、周りの草や雑木を刈る、そのうち、間伐したり、下枝打ちしたり、……相当人数がいるわね。

林道まで、木馬《きんま》や谷流しで下ろす、次は、トラックで、家の製材所へ運ぶの。

何寸角の柱用の角材にするか、板なら板で、幅や厚さを決めなくちゃならん、でも、これらは、みな、職人たちが、ようやってくれるから、任せておけばいいのよ。ただ、数字は、ちゃんと抑えとかなくちゃあね。

「街の材木問屋の相場を、いつも注意しとかなくてはならんから、油断ができんのよ」

と、深雪は、こともなげに、笑って、付け加えた。

山を知りつくしているんだなあ、山全体を大きく回しとるんだ、と、俊は、改めて、感心した。

日向山の時（あの日のことを、ふたりは、こう呼ぶようになった）から、三、四度目に会った時だった。

いつもより、林の奥の方だった。

会うなり、ああ、俊さん、わたし、ほんとにうれしい。

深雪は、そう言って、俊に縋りつき、泣きだした。

俊は、深雪をしっかり抱きしめ、そっと顔を持ち上げて、目の涙を吸い、唇を吸った。

「心配しないで。今日は、うれしくて、泣けてきたんだから」

と、言って、微笑んだ。

日向山の後、気持が落ち着いた、というか、ああ、よかったってね。心の底から満ち足りて、充実感があるの。

身も心も生き生きしてきたって感じ……。

深雪は、つと離れ、手を後ろに組んで、何か考えごとをするように、林の中を、ゆっくり歩いて行った。

首を傾げたり、手をかざして、日を仰いだりしている。

俊は、かたわらの櫟の木にもたれて、近づいたり、遠ざかったりする深雪を、見ていた。

雑木林に入ると、いつも、この櫟の木を探すな、と、思った。

櫟は、皮に凹凸があって、コルクのように弾力がある。なんか、温みがある。

大渕の水口の椎茸ぼたも、これだ。原木《げんぼく》を林から下ろす時の、あの生木の重さも忘れられんが、菌打ちの感触が、いつもよみがえる。

しばらくして、深雪が戻ってきた。

「わたし、『花』を舞ってみたくなっちゃった」

自分で舞ったことがないから、舞えるかどうか、わからんけど。

それに、洋服だし。

「ああ、俺も見たい」

深雪は、作業小屋の奥のほうに、俊を引っ張って行った。小路から外れた緑の明るい雑木林だ。

ここは、どん詰まりで、だれも来ないところ、と言った。

陽の射した林の平らな場所を見つけると、

「ここよ」

信玄袋から白い毛布を出し、大きく広げて、裸足で立った。

左手にあたりの木から折った葉のついた小枝を、右手に枯枝をもった。

「葉のある方は扇子、これ、鈴の代わり」

神妙に、舞を、改めて反芻しているようだった。

「テーホヘテホヘ　テホホヘテホヘ」

と、可愛い声を上げた。

　左手の葉のある小枝、右手の枯枝を両脇に、
右足でとんと踏みながら、勢いよく左の膝を折って上げ、
嫋《たお》やかに、舞い始めた。

左足をとんと踏みながら、勢いよく右の膝を折って上げ、
　進んだ。

「十三、四の男の子が、三人で舞う『三つ舞』よ」

俊は、かたわらの木の株に腰かけて、深雪の照れくさそうな舞を見ていた。

羽を広げた鶴のように、両手を広げ、
前屈みに、左足の甲を右足のアキレス腱にひっかけ、
反りかえる。
前屈みに、右足の甲を左足のアキレス腱にひっかけ、
反りかえる。
　繰り返す。
ちゃんとサマになってるではないか、つい、この正月前にも、「花」を見たっていっとったが。完全に身についとる。こどものころから、身体が自然に動いとったから、忘れっこないんだなあ。
初めて舞ったのに、実に上手い、と、俊は、感心した。
　左手を折って上げ、左の膝を上げて、
右足でとんと踏みながら、回っていく。
右手を折って上げ、右の膝を上げて、
左足でとんと踏みながら、回っていく。
「テーホヘテホヘ　テホホヘテホヘ」
「テーホヘテホヘ　テホホヘテホヘ」
深雪は、物心ついたときには、笛の音が聞こえた。
太鼓がどんどん鳴っとった。
花宿の暗い裸電球の下で、舞い手も、男衆も、酔い痴れて、花を舞っとった。

「テーホヘテホヘ　テホホヘテホヘ」

「テーホヘテホヘ　テホホヘテホヘ」

ぎっしり詰めかけた見物衆、ざわめく舞庭。

幼いころの深雪も、娘たちも、いる。

舞い手といっしょに、身体が動いている。

心が舞っている。

太鼓が、「ダンダダダダダン　ダダダダダダダン」

笛が、「ピーピピピピピ　ピピピピピピピピ」

「ハア、鳥でも喰らったように、舞うな」

「やいやい、そこの竹んつぼ、寝てけっからずと、しっかり吹け」

「テーホヘテホヘ　テホホヘテホヘ」

「テーホヘテホヘ　テホホヘテホヘ」

この「花」の里に、深雪は、育ったのだ。

昔、深雪の里で、「花」を見た時の女衆の熱狂ぶりが、思いだされた。

「花」は、男しか舞えない。女は、どんなに舞いたくても、許されなかった。

あの時、「花」の里に生まれた女衆しか、女に生まれた悔しさはわからんと思ったが、深雪が、まさにそのひとりだった。

女だから、舞えなんだけど、身も心も、魂までも、いっしょに舞っとったのだ。

そう、思った。

「テーホヘテホヘ　テホホヘテホヘ」

俊が、声を出した。

左手を勢いよく右から左へ振りながら、
背中が見えるまで、身をよじる。

肩と水平に伸びた左手は、
反動で、右胸乳の上まで振りこまれ、
元に戻る。

枯枝をもった右手は、胸に置かれたままだ。

左によじり、
右によじる。

桶の中の板を左右にこじる芋こじみたいに、深雪は、やさしく軽やかに身をよじっている。

ひとしきり舞うと、深雪は、暑そうに、手で顔の汗を拭った。

俊は、手拭いをもっていき、深雪の顔や首を拭いてやった。

深雪は、再び舞い始めた。

「テーホヘテホヘ　テホホヘテホヘ」

「テーホヘテホヘ　テホホヘテホヘ」

今、深雪は、しゃがんで、爪先立ちで、

忙しく足を代えては、
ものを頂くように、
葉のある小枝を、
枯枝を、
額の前にもっていく。
　後ろに跳ね、
　前に跳ねる。
芋こじのように、身をよじる。
　左によじり、
　右によじる。
毛布の隅から、千鳥に反対の隅に移っていき、
また、別の隅から、反対の隅へ千鳥に進む。
舞いながら、何度も、手で汗を拭った。ブラウスの背中も、汗でぐっしょり濡れている。スカートが、足にまとわりついて、舞いにくそうだ。
僕は、また、立って行って、深雪のびっしょり濡れたブラウスやスカートを、全部脱がせてしまった。
あっけにとられて、棒立ちになった深雪の全身の汗を拭き、
「テーホヘテホヘ　テホホヘテホヘ」
「テーホヘテホヘ　テホホヘテホヘ」

と、「セイト」の声を出した。

深雪は、もじもじしていたが、意を決して、一糸まとわぬ姿で、舞い始めた。

「テーホヘテホヘ　テホホヘテホヘ」

「テーホヘテホヘ　テホホヘテホヘ」

雲一つない青空、木々の若緑。

舞っている全身に、陽光が当たっている。

汗が、光っている。

白い毛布の上で、女の眩いばかりの裸身が生き生きと舞い、足許の黒い影も舞っている。

次第に熱を帯び、「三つ舞」に集中した。

複雑な舞を、楽々と、深雪は舞っている。

　膝を上げ、とんと踏みながら、
ものを頂くように、
左手の葉のある小枝を、
右の枯枝を、
額にもってきて、仰ぐ。

左手を折って上げ、左の膝を上げて、回っていく。

右手を折って上げ、右の膝を上げて、回っていく。

　繰り返す。

身を後ろに引き、たわめて、
大地に叩きつけ、
たわめた勢いで起き上がる。

　繰り返す。

左手を大きく振って、身をよじる。

右手を大きく振って、身をよじる。

　繰り返す。

深雪の里で見た男の子たちの舞とちがい、深雪の舞は、優雅で女らしかった。

天女の舞だ、と俊は思った。天の羽衣は、その辺の木の枝に掛けてありそうだ。

深雪は、もう、衣服のないことなど、忘れているようだった。

幼い日に、身に染みこんだ舞を、今、深雪は、初めて心ゆくまで舞っているのだ。

嫋やかに舞う白い裸身が、陽光を浴びて、輝いている。

俊は、息を呑んで、見入った。

女の剝き出しの姿態に、身をよじる嫋やかな動きに、俊は駆け寄って、抱きしめたかった。

肌理《きめ》細かい肌、これを餅肌というのだろうか、その吸いつくような感触が、生々しく浮かんだ。

舞っている深雪を見ながら、俊は、ふと、思った。

深雪の身体には、もって生まれた蠱惑《こわく》的なものがあり、俊は、会うたびに、おののいた。

この秘密を、深雪は知らない。

「テーホヘテホへ　テホホヘテホヘ」

「テーホヘテホへ　テホホヘテホヘ」

生き生きと、深雪は、舞い続けた。

「ああ、なんてこと」

舞い終わった深雪は、目が醒めたように、自分の姿にびっくりして、俊のところへ駆け寄った。

「ああ、恥ずかしい」

「やあれ舞った、よう舞った」

と、俊は、声をかけ、丁寧に手拭いで、全身を拭いてやった。

『『花』は、真冬にやるんだけど、零下何度の真夜中でも、汗が吹き出すもんねえ」

と、赤い顔をして、息を弾ませていた。

「一生に一度、舞ってみたかった。

生まれて初めて、『三つ舞』を舞ったのね、わたし。

俊さんのお陰。……裸にされちゃったけど」

深雪は、身体を寄せて、言った。

「天の岩戸の前で、裸になって、舞を舞った天鈿女命《あめのうずめのみこと》みたいだったよ」

と、俊が顔をほころばせた。

林のどん詰まりは、小さな滝だった。

滝壺は浅かったが、ふたりは、水に入って、首までつかった。水は澄んで、冷たく、気持ちがよかった。

雑魚がたくさん寄ってきて、肌をつついた。


小屋に入ってくるなり、深雪は俊に縋りつき、声を殺して、泣きだした。

ひきつけたような、切なげな泣き方だ。

俊は、驚いたが、ことばはとてもかけられなかった。

ただ、黙って深雪を抱きしめ、背中を静かに撫でた。

いつもとちがい、深雪はいつまでも泣いた。

時折、目をつむったまま、いやいやをするように、頭を振り、俊に強く齧りついた。

やっと、少し静かになった時、俊はそっと毛布の上に深雪を横たえた。

深雪は、俊の胸に顔を沈め、底の底から悲しそうな声を絞り出した。

肩を震わせ、足をばたばたさせた。

身をよじって、号泣した。

そのうち、声は立てなくなったが、しくしくと、泣き続けた。どうしても止まらない。

俊の手枕で仰向けになり、唇を堅く喰いしばって、目をつむっていたが、大粒の涙が頬を絶えず流れた。

ブラウスの胸が大きく盛り上がり、溜息とともにしぼんだ。

泣き疲れたのか、そのうち、静かになり、うとうとしているようだった。

少しでも、深雪が眠るといいんだが、と思った。

作業小屋の草葺きの煤けた天井や、壁にかかっている四本備中や鍬、鎌、蓑笠を眺めた。

俊は、あれを思い、これを思った。

深雪が泣く場所は、ここしかないのだ、と思った。

俊のいるところにしかないのだ。

胸を抉《えぐ》られる思いにかられて、強く抱きしめ、目の涙を吸い、涙に濡れた頬に頬を寄せた。

深雪は、俊の腕の中で、かぼそい泣き声をたて続け、しゃっくりあげた。

しばらくすると、泣き疲れたのか、静かな寝息を立てはじめた。

陽射しが次第に傾いた。

深雪が、寝返りを打ち、俊に背を向けた。背を丸めて脚をすぼめ、顔を両手で覆うと、また、ヒーッと声を上げた。

俊は、後ろから深雪を抱きしめ、首筋に唇を這わせた。

深雪は、くるりと俊の方に身体を寄せ、こどものように、「えーん」と泣きだした。

ふたりは、夕方まで、ことばもなく、日を過ごした。

あたりが黄昏《たそが》れてきた。

深雪は、はっとして立ち上がり、毛布を畳んで信玄袋に入れた。

俊の手を両手で強く握りしめ、涙のたまった目で、俊をきつく見つめた。

「日向山へ、ネ。今度……お願い」

そう、つぶやき、身をひるがえして、帰っていった。

深雪は、極度に用心深かった。

早い時で二、三か月、半年会えないこともあったが、ふたりは、忍び逢いを続けた。

場所も、何か所か、移動した。

一本の山桜が咲く林の中では、鶯の谷渡りが聞こえた。

梅雨のしとしと雨もあった。

日向山へも、行った。

蟬しぐれの降りしきる昼下がりもあった。

天高く、すがすがしい秋晴れも、雲の厚い日もあった。

会えばまた、すぐにも会いたかったが、我慢するほか、なかった。

だから、時をおいて会うと、ふたりの想いは、積もり積もって、爆発した。

我を忘れ、時間を忘れた。


深雪が、大胆なことを言った。

俊は、驚いた。

一泊で、温泉へ行こう、というのだ。

考えてみると、ふたりは、山仕事や畑仕事の作業小屋にしか、行ったことがない。泊まったこともなかった。

俊が、深雪の顔を見ると、

「心配しないで。いい機会なの」

と、答えた。

ふたりは、浜名湖へ出かけた。

奥まった湖畔の温泉宿に、泊まった。

夕陽の、そして明けゆく静かな湖面の風景が、目に染みた。


新緑の気持ちのいい朝だった。

県道から、広い芋畑の向こうに雑木林があり、小さな小屋が見えた。

天堤《あまずつみ》の作業小屋だ。

昼ごろ、あたりは静まりかえり、陽が射して、かすかな風がそよいでいた。

突然、銃声が轟いた。

一発、続いて二発目が撃たれた。

小屋の戸が、壊れた。

木魂が、谷の反対側から、返ってきた。

小屋に、動きはなく、白けた時間が流れた。

「ダダーン」。銃声が続いた。二連射だ。

小屋は、吹っ飛んだ。

木魂は、虚しく返り、硝煙の臭いが鼻をついた。

男は、銃を片手に立っていた。

男は、歩きにくい芋の畝を跨《また》いで、小屋に近づいて行った。

ひっくり返った小屋には、だれもいなかった。人のいた気配もなかった。

農作業用の鍬や鎌の類、蓑笠、火を焚《た》く炉や、飯椀、皿など食器が散らばっているだけだった。

男は、小屋の裏にまわり、林の奥を透かし見たが、やはり、人影はなかった。

県道に戻り、小屋のあたりをしばらく眺めた。

遠く、雪山が、見えた。


その日、小屋に着いたのは、十一時ごろだった。

林の緑が若々しく、陽がこぼれて、清々しい朝だった。

ふたりが会うのは、ずいぶん久しぶりだった。三か月以上、会えなかった。

深く唇を合わせ、身をよじった。

オート三輪の音がした。

深雪は、きっとした顔をして、小屋の隙間から県道を見た。

芋畑の畝を跨いで、こけつまろびつ、男衆の作兵衛がやってくるではないか。

開けかけた小屋に転がりこむと、

「ジュ、銃もって、……ダ、だんさんが、……す、すぐ逃げなされ」

と、言った。

「この奥から、青崩《あおくずれ》峠越えで遠山へ、な」

「急いで」

深雪は、無言でうなずき、信玄袋に、毛布を放りこみ、俊を見て、強い目で、合図した。

俊は、「うむ」と答えた。

深雪は、

「作兵衛、ありがとう。一生、恩に着るよ。……旦那様をよろしくね。あんたも、身体、気をつけて」

と、早口に言った。

「これ」

と、言って、作兵衛が自分の握り飯の包みを、深雪に渡した。

深雪は、黙って受けとり、作兵衛に深々と頭を下げた。

外で待っていた俊のそばへ駆け寄った。俊が、信玄袋を担ぐと、ふたりは、林の奥へ消えた。

それきり、ふたりは、村から杳《よう》として、消息を絶った。

その後、ふたりを見た者はいない。

四

熊谷は、警察に捜索願いを出し、深雪たちの姿を追って山狩りまでしたが、成果はなかった。近隣の町村に人をやって探させたり、八方手を尽くしたが、手掛かりもなかった。

熊谷は、深雪の里を訪ねた。

自分たちにも、何の知らせもなく、突然のことで、途方に暮れている。人様から、聞いたような始末で……。

とんでもないことを仕出かし、まっこと、まっこと申し訳ない。

熊谷さんには、これまでほんとによくしてもらったのに……、恩を仇で返すようなことを……。

ただただ、お詫び申します。

両親は、憔悴《しょうすい》しきった顔で、畳に額を何度も擦りつけて、詫びた。

消え入るような声だった。

熊谷は、議長だけでなく村会議員も辞し、田畑や山の仕事は作兵衛たちにまかせ、家にこもるようになった。

夏になると、鮎の瀬を買い、村の名物である鮎釣りや引っかけ、簗《やな》作りに、また、十一月、猟が解禁になると、前には行ったこともなかった南アルプスの山麓まで分け入り、男衆とともに、猟犬のタロたちを連れて行き、熊猟や猪猟、鹿猟に熱中した。

長男の龍介は、何も知らず、無心に遊んでおり、村の衆の涙を誘った。

「事もあろうに、熊谷の嫁が、何ということを……」

と、ご隠居夫妻は、激怒した。

ご隠居は、この可憐な嫁を大変可愛がっていた。

嫁が、ただきれいなだけでなく、田畑の耕作は、身について知っているばかりでなく、山仕事や製材所、問屋との駆け引きまで、うまくまわしていくすべをすぐに呑みこみ、実際にやっていくのには、驚いた。

特に、男衆女衆はもちろん、村の衆に好感をもたれる人柄も、大きかった。

また、村のことにも、さりげなく力を尽くして、目に見えないけれど大きい貢献をしてきた。

だから、村議会やたくさんの名誉職などで、忙しい熊谷に代わって、家のほうの采配を、深雪がまかされてきた。

大奥様も、名家の誉れ高い熊谷家に、貧乏な出で、しかも再婚の嫁など、とんでもないと反対だったが、熊谷が、どうしても、というので、しぶしぶ結婚を承知したのだった。

ところが、来てみると、素直で、よく気のつく嫁が気に入って、格式の高い熊谷の大刀自《おおとじ》（名家の采配をふるう女主人）の仕事を、惜しみなく教えてきた。

高価な着物をふんだんに作ってやり、宝飾品もよく買ってやった。

まさに、夫妻は、この嫁に、裏切られたのである。

名家に、降って湧いた醜聞だった。

龍介を、大事な一人息子を捨てて、男と逃げるなんて、……口にするだけでも、汚らわしい。

ああ、何て嫁だろう！

女は、何が何でも、第一に母親じゃ。

色恋に迷って、こどもを捨てるとは、呆れてものが言えん。

龍ちゃんが、かわいそうで、かわいそうで、……まだ、母親の力が要る年なのに。

そう言って、大奥様は、泣きなさった、と、奥に勤めとる女中頭の千草さが、男衆の作兵衛に話した。

「熊谷の家に、泥を塗った」

そりゃあ、頭がまわっとって、山や製材で少しばかり、家の財産を増やしたかも知れんが、そんなことは、カスのようなもんじゃ、今度のことに較べれば。

こんな恥知らずのことを、熊谷の嫁がするとは、絶対許せん。

腹が立って、腹が立って、夜も眠られん。

「熊谷の恥じっさらしだ」

どうしてこんなことを許したのか、息子にも文句を言ったらしい。

「旦那さんは、一言も答えなんだ。何を言われても、耳に入らん風だった」

と、千草さから、作兵衛は聞いた。

でもな、と、矍鑠《かくしゃく》として、ご隠居様が、言った。

「逃げた女狐を、いつまでも怒っとっても、仕方がない。

こうなった以上は、わしらの手で、龍介をしっかり育ててみせるぞ。

立派な熊谷の総領に、な」

村の衆は、あの若奥さんがのう、と、何よりおったまげた。

郡内でも、一番といわれる、お大尽に起こったことの成り行きに、興味津々だった。

蜂の巣をつついたようになった。

村始まって以来の大事件、と、言わんばかりだった。

ご隠居は、そりゃあ、もう、大変な怒りようだ、と、見てきたようなことを言う衆もいた。

旦那さんは、議長ばかりか、村会議員も辞めて、どうするずら。

村の衆は、おもしろおかしく噂した。

尾ひれが、ついてまわった。

女衆は、龍介坊がかわいそうだ、と言って、若奥さんの駆け落ちを非難した。よう、こどもを捨てられたもんだ、わしらには、とっても、考えられんよ、と、非難ごうごう。夢中になって、寄ると触ると、しゃべりまくった。

こどものこともあるが、お大尽の若奥さんとして、村の衆から一目も二目もおかれとったのに、あの裕福で贅沢な暮らしを捨ててまで、男に走るとは、おどけたこった(びっくりしたことだ)。

わしだったら、あのお大尽の奥様に収まったら、岩に齧りついても、絶対、離さん。贅沢のし放題で、きれいなおべべ着て、好きなもの食べまくって、しゃなりしゃなりしとるのになあ。「朝寝、朝酒」に、「昼寝」つきで、やりたい放題。男より、贅沢がええ。金がええ。おら、二号だってええぞ。

そりゃあ、無理じゃ。三号だって、十号だって、なれんな。ましてや、奥様なんて、柄かよう。

思い切ったことをするなあ、と驚き、戸惑う衆も、多かった。

村の居酒屋や小料理屋でも、いい酒の肴で、若奥さんのとんでもない駆け落ち事件に、ただもう、びっくらしとる衆や、こどもを捨てるなんて、とんでもない、と、口角泡を飛ばす衆もいた。いい年して、色恋沙汰とは、と、あきれ顔の衆もいた。

いやあ、いい女だったなあ、若奥さんは。相手の男が羨ましいというもんだ。

あの着物姿は、なんとも言えん、艶っぽかったぞ。きゅっと帯締めてな、おら、ぞくぞくした。

若奥さんが、いかに色っぽかったか、露骨な話も飛び交った。

あれだけ、きれいな女じゃ、仕方あるめえ、と、舌なめずりする輩もいた。

俺だって、いっしょに逃げたい。

なにょお、こく。お前なんか、鼻もひっかけられんぞ。

お前、そこら辺の芋姉ちゃんと、逃げてみろ、嬶が喜ぶぞ。

ああ、ムサイのがいなくなって、さっぱりしたってな、ガハハハッ。

熊谷家に世話になっとる衆は、困惑して、口をつぐんだ。

熊谷の旦那さんも、力を落としとるだろうの、あれだけ、別嬪じゃ、無理もない。

男は、元の旦那だっていうじゃねえか。

ええっ、そうなのか。それじゃあ……。

いや、そんなこたあ、別のこっちゃ。龍坊を育てにゃ、話にならん。第一、貧乏な出だっていうじゃねえか。それを、熊谷の旦那さんに拾ってもらった大恩を忘れて、何てことするんだ、恥知らずだ。

などと、言いあった。

しかし、若奥さんに、もう二度と会えないことを、悲しんどる衆もいた。

腰が低く、気さくで、だれの相談にも乗ってくれた若奥さんの人柄や、面影を偲んだ。甘柿や蜜柑をよくもってきてくれた、とか、煎じ薬を、忘れず、いつもくれた、などと、話した。

民生委員もやっとって、あの忙しい若奥さんが、村はずれのおらんとこのあばら家まで、よく来て、あれこれ困ったことを持ちだしても、ちゃんと手を打ってくれた、と、やに目に涙を浮かべる老婆もいた。

「あれは、いい女じゃ。男は、狂っちゃうよ。身体、バツグンだしなあ、涎がでるぜ」

「バアカ」

「俺も、あんな女、抱いてみたい」

「おい、おい、隣りの美代ちゃんで、我慢しとけ」

「夜這いしてくれって、雨戸の鍵、はずして待っとるのによう」

若衆宿でも、ふたりの話で盛りあがった。

「どこへ、行ったかなあ、あのふたり」

と、だれかがつぶやいた。

何年かたったころだった。

作兵衛が、古くからいる男衆の一人と、蔵の裏手で、日向ぼっこをしていた。

「旦那さんに、人殺しさせちゃあ、なんねえ、そう思ったのさ、……そしたら、何もかも、めちゃくちゃになる。

熊谷の家は、滅びる。おらんとうもな、……村も大騒ぎだあ」

あの日、旦那さんは、なんか、いつもと違っとった。

朝から苛々しとった。

あの温厚で、優しい旦那さんが、よ。

若奥さんは、もうとっくに出かけとられた。用があるっちゅうことだった。

いつものように、猟銃用の弾帯に、弾を、な、と言われた。

薬莢《やっきょう》に雷管を籠《こ》め、火薬と鉛玉を詰める。

おらが、旦那さんの指図を待っとると、1号鉛弾を10本、2、3号散弾は、そうだな、4、5本でいい、とな。

それも、弾帯の右の利き手あたりに、その日よく使う薬莢を差しこんでおくのが、旦那さんのやり方だ。

あの日は、1号だった。1号を、10本も、だよ、利き手のところへ、そろえようってんだから、おかしいじゃあねえか。

おら、考えた。

五月の最中によ、冬の猟期でもないのに、熊撃ちや猪用の1号鉛弾を、1号は、大きい鉛玉一個だけだ。

そんな鉛弾を、どうして、こめる必要があるんだ、と、な。

当時、旦那さんは、村の猟友会の会長で、腕は、ピカ一だったからなあ。熊や猪、鹿もな、猟犬のタロなんか、五、六匹つれてな、おら、よく、お供したもんだ。

おら、ピンときた。

男だ。若奥さんの男だ、とね。

あのころ、買ったばかりのグリナーに、油をさしておけ、とも、言われた。あれは、二連銃で、二つに折れて、速射が利くからなあ。いい鉄砲だよ、実に。

おら、仕事があるで、って、旦那さんに言って、オート三輪で早く出て、天堤へ駆けつけたのさ。

若奥さんが、小屋で、男に会っとることあ、おら、知っとったでな。偶然、気がついたが、おら、黙っとった。

しゃべったら、旦那さんのことだ、銃を持ちだすこたあ、わかっとった。

第一、男を許すわけがない。あんなに大事にしとる若奥さんと、会っとるわけだからな。嫉妬で狂っちまうよ。

可愛さ余って、憎さ百倍、って言うじゃねえか。若奥さんまで、撃っちまうかもしれん、とな。

小屋へ行くと、若奥さんたちがいたので、

「早う逃げろ」

って、言ったわけだ。

「青崩峠越えで、遠山へ逃げればいい」

って、言ったわけよ。

昔なあ、武田信玄の大軍が越えてきて、三方ヶ原で徳川家康と戦い、家康が城へ逃げ帰ったっていう、その峠よ。

「若奥さんは、深々と頭を下げなさって、な」

おらが、はした金を差しだすと、首を横に振り、信玄袋をぽんと叩いた。

金は、ここにあると、いう。

前から、この日のことを、覚悟しとったんだな。

「さすが、肝が据わっとる」

と、思って、たまげたさ。

でもなあ、奥で勤めとる千草さが、龍介坊ちゃんの部屋の前を通りかかったら、若奥さんが坊ちゃんを抱いて泣いとったって、言っとったぞ。あの半年ぐらい、前のことだが。やっぱり、辛かっただろうの。

そうそう、信玄袋に入っとったのは、全部自分の金で、な、お屋敷の金や材木関係の金には、ビタ一文、触れとらんかったそうだ。

旦那様や大奥様にもらった、ダイヤの指輪や首飾りなんかも、全部金庫に置いてあって、な。何一つ持ち出しとらん。着物はもちろん、持ち出すわけないし、きれいなもんだったげな。

飛ぶ鳥、あとを濁さず、ってわけさ。

千草さが、そう言っとった。

いかにも、若奥さんらしい。

「で、どこへ、行ったずら」

「さあ、知らん。……とにかく、旦那さんは、人殺しをせなんだ。刑務所へも、行かずにすんだ。……若奥さんらも、助かった。

それに、よ、熊谷の家がつぶれなんだで、おらんとうも、助かった」

旦那さんは、どうしても、後添えを、貰われん。村長がすすめても、森県議が話をもってきても、だれがすすめても、いまだに、独り身だ。よっぽど、若奥さんに惚れこんどったんだなあ。


花太夫の長十郎が、いつものように、ふらりとやってきた。

深雪の父親の雅雄とは、こどものころからの友だちだ。

「花」も、こどもらの人数が足りんくなって、「花の舞」をやる六つ七つの子がおらん。「三つ舞」も、二人はおるが、三人集まらんから、困ったもんだ。

隣りの村から借りとったが、向こうも同じようなもんだ。

だからといって、「花」をやめるわけにはいかん。

しょうがないから、今年からは、女の子にも舞ってもらうしかない。

女の子の「花の舞」なんか、かわいいぞ。

そりゃあ、しかたない。男の子だけなんて、言っておれんのう。

賛成だ。

そうか、あんたがそう言ってくれれば、心強い。

祢宜《ねぎ》さまやみなの衆に、話してみよう。

長十郎は、久のだした、白い粉をふいた大きな干し柿の蜂屋柿を頬ばった。

熱い渋茶を、うまそうにすすった。

「どうしとるかのう？　あれたちは。

深雪も、母親だから、辛いのう」

長十郎が、ぽつんと言った。

雅雄は、黙然と囲炉裏の榾火を見ていた。

久は、たまらず、席を立って、台所へ行った。


俊が行方不明になって、ウメノは、気が狂ったように、泣き喚いた。自分が、嫁の深雪を追いだしたことが、すべての始まりなのに、そんなことは、考えもしなかった。思いもつかなかった。

「深雪の奴め」と、憎々しげに罵った。

深雪さえいなかったら、俊は、いい息子だった。

「ちょっと顔がきれいだからって、俊の奴、誑かされちまって、情けない」

組の女衆にも、一人息子がいなくなったことを愚痴り、深雪のことを悪しざまに言い、

「おまえがしっかりせんからだ」

と、トメにも当たった。

組の衆が、捜索願いを出してくれたが、警察も、狐につままれたような話で、頼りなげだった。

何を勘違いしたのか、伍長の登兄が、葬式の話をもちだすと、顔を真っ赤にして怒りだし、

「俊は、死んどらん。生きとる人間に、葬式を出すのかい、お前んとこは！

そういう、お前みたいなもんを、人非人って、言うんじゃ！」

と、手まで振り上げて、怒鳴り散らした。

「また、後家になってしまった」と、実家の兄が、酒を呑んでやってきて、トメを嘲笑った。

「俊さんは、死んどりゃせん」

と、トメがつぶやくと、

「どうでも、また、家に戻ろうたって、そうはさせんぞ。絶対、家には、入れんからな」

と、冷たく言い放った。

ウメノは、呆けたような日を送った。

トメは、そんなウメノを見ても、何も言わず、昼餉や夕飯を用意し、こどもたちに飯を食べさせた。

姉娘の冬子に、幼い京子の面倒を見させて、盆作りやアテに出かけた。

日が暮れて、真っ暗になった急な山坂を重い稲や干し草を背負って、帰ってきた。

また、裏の僅かな空き地に積んだ堆肥を背負って坂路を、一歩一歩、アテの畑まで運びあげた。

夜は夜で、こどもたちを寝かしつけてから、着物やシャツの繕いものをしたり、寒い外の洗い場で、茶碗を洗ったり、夜業の石臼で、蕎麦を挽いたりした。

そして、死んだように眠った。

俊のことを、どう思っているのか、一言も言わなかった。

組の女衆も、触れることは、憚《はばか》られた。ひそひそ話に、自分たちで話すだけだった。しばらくすると、ウメノは、俊のいなくなった意趣返しのように、また、長男の俊一だけを猫かわいがりに可愛がり、冬子や京子に、さらに辛く当たった。

つまらぬことに腹を立て、三尺竹尺で、怯える冬子を、幼い京子まで叩いたとき、初めて、トメが立ちはだかり、

「おばあ、よさっせ」

と、声を荒げた。

その時から、ウメノは、トメやこどもたちに、文句を言わなくなった。

「父ちゃんは？」

と、俊一が聞いた。

父ちゃんは、おらん。

おらんけど、俊一や冬ちゃんや京ちゃんを、ちゃんと、守っとってくれるよ。

いい父ちゃんだ。

「小っこい時、父ちゃんが、狐の影絵しとって、そん時、狐が、『コン』と鳴いたよ」

と、俊一が言った。

鳴いた？　よかったねえ、と、トメが言った。

父ちゃんは、ね、山仕事でも田んぼでも何でもできる。母ちゃんなんか、敵わん。

木にするするっと登って、ね、枝打ちしとったし、木馬引きもうまかった。あれは、おっかない仕事だけど、な。

力持ちで、腕のこぶも、こんなに堅かったよ。

だから、大渕の旦那さんから、しょっちゅう、仕事、頼まれとった。

大渕の牛と仲良しで、ね。

えっ、牛と?

うん。牛がね、父ちゃんにすごくなついとって、言うことをよう、聞く。

たまに外で会うと、ちゃんと覚えとって、「もう」って、鳴くんだって。

俊一は、目を輝かせた。

「ふーん、すごいんだね、父ちゃんは」

「すごいよ」

と、トメは言った。


長男の俊一が、中学へ入学する日がやってきた。

布製の鞄を、新しく作ってやった。

尋常高等小学校の時、習った裁縫以外知らないし、もともと不器用なので、少しいびつだったが、頑丈が、取り柄だった。

俊一は、喜んだ。

兄ちゃんと同じように、黄や赤の小さな布鞄をかけた冬子、京子を連れ、トメは、入学式に出た。

一張羅のアッパッパだった。

晴れがましい日だった。

トメは、相変わらず、夜も明けぬ早暁から起きだし、こどもらの食事を用意し、面倒を見て、盆作りや
アテの畑へ、急な坂を登って行った。

盆作りで働き、一休みしているときなど、秘かに俊のことを想った。

「俊さん」

と、声にならない声でつぶやき、目に涙がにじんだ。

トメの心にも、「俊さん」は、生きていた。

素っ気ない時期もあったが、「俊さん」と暮らした、あの歳月は、トメの楽しい人生の華だった。

夜も、かわいがってくれた。

こんなわしのような年上の出戻りで、色の黒いもんでも、かわいがってくれて、わしは、幸せだった。

今は、三人のこどもらがいた。

トメは、俊さんやキクさが、こどもらを残してくれたことを、ありがたい、と思っていた。

末っ子の京子を生んだ時に死んでしまったキクさに、親しみを感じていた。

かわいそうに、自分の生んだ子らの面倒を見れんかったキクさは、悔しかったろう。

代わりに、わしが育てるでネ、と、トメは、仏壇のキクさに向かって、手を合わせた。

お彼岸や盆には、墓の前で長いこと、祈った。

わしの腹を痛めたこどもらじゃないけど、俊さんとわしら夫婦の正式のこどもなのだ。

兄姉妹三人とも、みんな俊さんに似とる。冬子なんか、顔つきがそっくりだ。目も二重瞼で、女の子は、父親に似るっていうが、ほんとだ。

だから、こんなにもかわいいんだ、と思った。

お兄ちゃんの俊一は、頼もしく、冬子は、すっかり女の子らしくなって、ずいぶん手伝いをしてくれる。

末っ子の京子も、元気に小学校に通っている。


ウメノは、急に年をとった様子だった。

家事も何もせず、庭先を眺めて、ぼんやり日を送った。

目に、やにをいっぱいいため、ときどき涙も混じっているようだった。

煙管に火も点けないで、もったまま、忘れているらしかった。

すっかり腰が曲がり、杖をついて、敬老会に出席したり、一日、蒲団から出てこない日もあった。

或る寒い朝、蒲団の中で、亡くなっていた。

トメは、その寝顔を、しばらく見ていた。

涙が、一滴、落ちた。

結局、かわいそうな人だった、と思った。

夫を早く失い、貧乏ななか、虎の子の一人息子を必死に育てた。

ところが、大事な息子を、嫁にとられた、と、思いこんでしまった……。

今からでは、もう遅いが、「振《ふ》り米《まい》」をした。

ほんとは、病人が息を引き取る寸前にするのだが、竹筒に米粒を入れてきて、枕辺で振り、その音を、ウメノに聞かせた。

こんなに米が穫れたよ、もう、心配しなくていいぞ、安心して死にな、と、親に伝える、貧しい百姓たちが、昔からやってきた、やさしい仕来りだった。


丸兄は、伍長を追われてから、哀れだった。

組の衆には軽く見られ、おどおどしとった。

女房のおコソに疫病神のようにあしらわれ、ガミガミ言われても、黙然としているほかなかった。

ときどき、隣組時代のいいわけをした。戦争中だったから、ナ、何でもかんでも、お国のためだったじゃないか、みんなもそうだったじゃないか、何でおらだけ責めるんだ、と、酒を飲んでは、泣いた。

深酒をし、ときに、女房をぶん殴ったが、あんたのせいで、わしまで組の女衆に馬鹿にされとる、と、常々不満たらたらのおコソは、顔を細く震わせながら目を吊り上げ、竹箒をもちだして、よろよろしとる亭主の顔を荒々しく掃いたり、つついたりした。

こどもたちは、学校を出て、とっくに街へ出ていった。

老夫婦は、しかし、絶えず言い争った。

酒乱の富雄は、もうずいぶん前に、肝臓を悪くして、死んだ。

葬式は組の衆だけで、ホトケの無茶な酒乱ぶりが、通夜の話題だった。

おらあ、山の境のことで、どれだけ絡まれたことか、というおじいもいた。

俺も、何もしとらんのに、変な言いがかりつけられて困ったぞ。やっさん、目をこう据えちゃってな。

そうそう、その目つきだ、と、登兄が言う。こう、目を据えて、な、やい、源蔵、たしかおめえに米一升貸しとったはずじゃ、なんて、な。あれにゃ、困った。だってさ、やっさんとこに貸すような米はねえ、んだもんで、借りとるわけがねえじゃねえか。

だがな、死んでみりゃあ、酒乱も芸のうち、なんか淋しいぞ、という衆もいた。

そんなこたあない。そりゃあ、おめえが迷惑こうむっとらんからだ、と、だれかが喚いた。


「閣下」は、青年団長を後輩にゆずったのち、鬱々とした日を送っていた。

端正な顔立ちの「閣下」は、頭がよくまわり、才能にあふれていた。学校へ行き、世のなかへ出たら、どの分野であれ、相当な活躍をし、出世もしたにちがいない。

村の行事や会合、道普請、水利や山の境などのもめごとでは、双方の話をよく聞き、筋だった弁舌によって、むつかしい利害や人間関係をふまえて、見事に裁いた。

村では、一目も二目も置かれていた。

しかし、長兄が戦死し、いやでも家を継がなくてはならなかった。猫の額ほどの田畑を耕し、あまり好きでない山仕事をした。

顔がきつく、頑迷老獪な母親から、兄の遺族扶助料の一部をしぶしぶ渡されて、やっと暮らしていた。

父親は、おとなしく、母親の言いなりだった。

恋女房のレンを若くして失い、色の白い目のはっきりしたいい女だった、辛い日々を送っていた。

こどもも、一人いる。

どうかすると、俊と深雪の姿が浮かんだ。

あいつら、思い切ったこと、したなあ。

あんなことができたらな、俺も。

ああ、レンが生きていれば……。涙がにじんだ。

大学受験で浪人中の昭夫がお悔やみを言い、病気のことをたずねると、「そっとしておいてくれ」と、素っ気なく答えた。

狂俳は、相変わらず華苑さんを中心に、年一、二回開き、選句用のガリ版を切って、みんなに配った。村の衆の傑作迷作駄作が、うず高くつまれて、見物だった。

その中には、「雲」の題で、深雪を詠んだ俊の「尋ね人の顔になる」も、どこかに埋もれている。

「奈良航空隊」と美代子夫婦は、町で自動車の整備工場を開いた。

ツナギの服に野球帽を横っちょにのせたまま車体の下にもぐって修理したり、タイヤのパンクを直した。

得意の大言壮語で、客をケムにまきながら、新着のトヨペットを売りこんだ。

美代子は、五人の母親になった。

兄が戦死し、兄嫁のタカといっしょになった次郎吉は、相変わらず、町のパチンコ屋に通っている。養鶏場を始め、三千羽の鶏を飼っていて、朝夕忙しいが、暇を作っては、出かけるのだ。

兄のこども二人も大きくなり、自分のこどもも生まれた。

年取った両親をふくめ、大所帯になって、暮らしはなかなかきびしかった。

それでも、靖夫らに会うと、

「おらは、生涯、若い新品とは縁がなかった。俊や靖夫が羨ましい」

と、繰りかえした。


保健婦の靖子は、町の保健所で忙しい毎日を送っていた。とくに妊産婦や乳幼児の健康に力を入れ、近隣の町村まで駆けまわっている。

死者数千人といわれた伊勢湾台風のときは、被害の多かった名古屋港付近に援軍として出張、死体が重なって浮かぶ浸水地帯で、遺体収容や衛生方面で、大活躍したそうだ。


金歯の弥次郎には、娘が二人いたが、姉のほうは、地周りの芝居の役者に惚れて、どこかへ行ってしまった。

妹は、町で一杯飲み屋を開き、どうやら、客もついているらしい。

当の弥次郎は、家の裏の高い石垣の上にある隠居所で、長い間、一人暮らしをしていた。

天気のよい日、県道を通る村の衆が、じいさんのあばら家を見上げると、開け放たれた破れ障子の間から、金歯のなくなった口を開けて笑い、枯れ枝のような片手をゆるりと上げた。

寒のころ、凍った石段から滑り落ちて死んだ。

今は、家全体が蔦に覆われ、夏は緑に梱包され、冬は枯れた蔓によってがんじがらめになっている。

もう、だれも金歯の弥次郎を思い出す者はいなくなった。


カー姉は、とっくに死んだ。まだ、四十になっとらなんだぞ。身体が弱いのに、無理しとったでなあ。あんな石運びなんて、土台、めちゃだよ。あれじゃあ、身体が持たんわ。

こども育てて、食って行かにゃ、ならんかったからな。

シベリアから佐太郎さは帰ってきたが、よく帰れたっちゅうもんだ、もう、全身ガタがきとって、こどもの守りぐらいしかできなんだ、これも、前後して、死んじまった。

ばあさんも弱いたちで、早かったぞ。たしか、帰ってきた佐太郎さには、会えたはずだが、ちょっと、覚えとらん。

みんな死んじまったんで、かわいそうに、こどもは、たしか、女の子で、小夜って、言ったっけ、奥の遠い親戚衆に引き取られていった。もう、中学ぐらいになるんじゃないか。

辛い生涯だったな、カー姉は。

そういって、登兄は、遠くに目をやった。

陰気な渕の崖っぷちにあったカー姉の家は、無人となり、廃屋となって、雨風にさらされている。

吊り橋は、朽ちて落ちてしまった。

大胆な色っぽさで鳴らした夏姉も、旦那の太吉が復員してからは、すっかり落ち着いて、仲睦まじく暮らしていたが、なぜか、こどもができなかった。

子授けにあらたかな遠くの神社に出かけて、祈禱してもらったり、お百度を踏んだりしたが、一向に効果がなかった。

町の産婦人科の沢田院長にあれこれ相談もしてみたが、だめだった。

困り果てた夫婦に、養子をもらったら、と、勧める人もあったが、夏姉は、どうしても、旦那の太吉兄の子でなくちゃ、嫌だ、と言っとる、という。

いかにも、夏姉らしい話よ、と、村の衆は噂した。

しかし、夏姉は、とっくに四十坂を越えた。もう、こどもは授からないのではないかと、ふさぎこんでいるようだ。


原田譲校長は、郡内の校長を歴任し、町の教育長を勤め、定年になった。

噂によれば、長年にわたる教育界への貢献により、勲章をもらったという。

その話を聞いてきた衆は、尊敬のまなざしで、いい校長だった、勲章もらうぐらいだもんな、と言った。

戦争に負けた日、「僕」と言っただけで、首を振り、青筋たてて怒った校長の顔を、昭夫は思いだした。

「撃ちてし止まむ」と、軍国主義を学校生徒に強要していた原田校長が、半月後、新学期がはじまると、素知らぬ顔で、

「軍国主義はいかん。だから、日本は負けたんです。これからは、民主主義と文化国家建設です。みなさんも、よーく自覚して、よーく勉強しなくてはいかん」

と、言った。

大渕の旦那は、長寿だった。

農地改革で、田地が大分小作衆の手に渡ったが、依然として、村一番の山持ちだった。杉や桧の美林があちこちにあり、炭焼きや椎茸用の雑木林も、草刈り場もあった。

しかし、山の材木が売れなくなった。

たまに山の木を伐っても、材木の値段が安く、人件費、運搬費を引くと、赤字になってしまう。

山林の価格も、極端に下落した。

郡内の山林地主たちから悲鳴が上がっていた。

熱帯雨林やシベリアのタイガ（針葉樹林帯）で伐採された木材が大量に輸入され、国内の林業を圧迫しているのだ。

木が売れないから、山で働く人の仕事がなくなり、山は、荒れ放題になった。

そのため、洪水が起こりやすくなり、下流の街々や田畑に甚大な被害をもたらすようになった。

大渕でも、何とかしなくてはならなかった。

木を植え、育て、売るという山林地主の先祖伝来の方式は、もはや通用しなくなった。

旦那は、杉や桧の林を今まで通り、植林、下刈り、枝打ち、間伐と山の手入れはするが、売るのは、しばらく様子見することにした。

一方、地元の名産である椎茸を、地場産業として育てようと考えた。

山仕事のなくなった村の衆に仕事を、の思いもあった。

折柄、稲作の方も、減反政策が進められている。

あちこちに休耕田が拡がり、蓬《よもぎ》や薄《すすき》が田を覆っているのを、村の衆は溜息をついて眺めた。

椎茸栽培で村一番の名人春作兄を指導員に、そうだ、こういうことこそこの人だ、と、「閣下」をくどいて、采配をふるってもらうことにした。

家の脇に、椎茸栽培場と作業場を建てた。

「閣下」は、生産・商品作りの体制を整えると、早速、若者一人をつれ、商品見本をもって、あちこちの街へ市場開拓に出かけた。

営業活動がしっかりしていなくては、いくらいいものを作っても売れない。

それには、何かいい宣伝文句もいる。

奥三河の宝石

「知生の干し椎茸」

肉厚で美味い

いい文句だ、とだれかがほめたら、

「なあに、狂俳みたいなもんだから」

と、「閣下」は笑った。

名古屋などのデパートに熱心に通って、販売の約束を取りつけた。

さすが、目が効く、と、旦那たちは感心した。

今、「知生の干し椎茸」を名産品に育て上げようと、村の衆男女十数人が、栽培・出荷作業に精を出している。

また、「閣下」は、郡内の椎茸生産者に呼びかけて、干し椎茸を厳選して仕入れた。大渕の信用もあって、大量の椎茸が知生に集まった。

「奥三河の宝石」は有名になり、よく売れた。

旦那は、髪に白いものが増え、立派な顔に深い皺を刻んだが、足腰はしっかりしていた。

相変わらず毎日のように二階にあがり、飽かず裏山の景色を眺めた。

杉皮葺きだった大屋根も、瓦に葺き替えた。

村の衆が続いた。

大きな石を置いた杉皮葺きの家は、昔から知生の伝統だったが、葺き替えが大変だった。

傻になついていたあの牛は、老いて、ある朝、牛舎の中で死んでいた、という。旦那は、耕運機を買った。

華苑さんも、年とともに小柄になったが、毎日忙しい。町の句会は人も変わり、以前ほどではないが、ときどき出席する。

もちろん、狂俳の知生俳友会には熱心に参加している。

「チャン」「チャン」の拍子木と、おもしろい言い回しで開巻を盛り上げた迷宮大人岩男じいが隠退して、今は、「閣下」がその役を務めている。

長男の凜太郎は、大学を卒業して、大手の電機メーカーに就職、秋田の色白美人と恋愛し、婚約した。

吉日、添沢温泉「山の家」の大広間で、結婚式をあげた。

花嫁側の衆も、秋田から十数人やってきた。

「高砂やー」は、花嫁の伯父さんが、東北人らしいのびやかな咽喉を聞かせた。

花婿が、早稲田のラグビー仲間とともに、大学選手権に優勝した時だけ歌うことの許される「荒ぶる」を歌った。

　荒ぶる吹雪の　逆巻く中に
　球蹴る我等は　銀塊砕く

………

ララ　早稲田　ララ　早稲田
ラララララ　早稲田

岩男じいが、昔、甚四郎じいの十八番だった「草刈り歌」を歌った。

主と二人で　朝草刈りはヨ
恥ずかしいやら　うれしいやら

老いても、やはり、聞かせる声だった。

指名されて、「閣下」が立った。「閣下」もそろそろ初老だ。

仕事も、出世も、そんなことは、二の次でよい。どうせ、定年までの話。

「私は、婿殿に言いたい。男にとって第一番は、何といっても、女房です。生涯、女房を、この美しい花嫁を、可愛がってやってほしい。大事にしてほしい。女房第一、それが、男らしい男の勤めです。生き甲斐です」

そう、言いきった。

大渕の旦那たち、村の衆は、若死にした「閣下」の恋女房レンを想った。

両親はとっくに亡くなり、「閣下」は、いま、大きな家に独り暮らしだ。

息子は、嫁をもらい、町にでて、農協に勤めている。

戦後、「山の家」にきていた満州からの元引き揚げ孤児の女性が、ちょうど、この日、泊まっていた。

そのことを、女将が大渕の旦那に言うと、

「ご縁のあった方だ」

と、席をつくって祝宴に招待し、みなに紹介した。

「若いもんの門出を、祝ってやってください」

と、旦那は言った。

女性は、国民学校三年だった疎開の時と変わらぬ、人びとの温かさにふれて、感激していた。

「孤児の私にとって、ここは、ふるさとです。ほんの短い間でしたが」

お祝いに、と言って、
兎追いしかの山　小鮒釣りしかの川

夢は今もめぐりて　忘れがたきふるさと

と、か細い声で歌った。

みんなが、盛大に拍手した。

女将の頬に、涙が伝わった。

結婚式の引き出物には、紅白まんじゅう、砂糖、「大渕凜太郎・昂　結婚祝」と、金文字で書かれた盆に、大渕の姉さんの里の銘酒「華」の二合瓶が添えられていた。

「ふるさと」を歌った女性にも、もちろん、贈られた。

その後、凜太郎は、東京に家を建てて、住んでいる。もう一男一女の父親だ。


昭夫は、詩人になりたい、と、高階老人を訪ねたとき、告白した。

高校へ進み、大学受験勉強をするようになって、自分の中から湧き出る熱きものに欠け、詩めいたことばを、ただ羅列しているだけだ、と、気づかずにはいられなかった。

昭夫は、町の高台に住む少女、ヒアシンスが好きだ、と言っていたＭＫに秘かに想いを寄せ、それを告げることもできず、悩んだ。

そのうち、ＭＫは、高校野球部の人気者のピッチャー水谷君の彼女だ、ということがわかった。

昭夫は、二年、大学受験に失敗し、母親に一通の手紙を残して、知生を出た。

二十歳になっていた。

どこへ行くか、わからない、三年か五年は帰らないつもりだ。

母さん一人残して、勝手だけど、許してほしい、とあった。

昭夫の行き先は、だれも知らなかった。親友といえる同級生も知らなかった。

受験の失敗、浪人生活が辛かったんだろう、と、或る人は言った。

相手は知らんが、失恋しとったんじゃないか、どっかで、自殺するかもしれん、などと、物騒なことを言う人もいた。

昭夫は、だれにも行き先を言わず、九州行きの汽車に乗った。

八幡の巨大な製鉄所を見物し、田川のボタ山の間を歩き、筑豊のとある炭坑の抗夫になった。

坑内トロッコに乗り、エレベーターで降下し、さらにトロッコを乗り継いだ。

地底の底は、死ぬほど怖かった。落盤事故の恐怖が、いつも、つきまとっていた。

しかし、炭塵のたちこめる切端で、真っ黒になって働いた。


俊がいなくなって、靖夫は淋しかった。

俊とは、物心ついた時から、くっついて遊んでいた。

いっしょに柿の木に登ったり、川で遊んだり、雪の中を転げまわった。

幼馴染というヤツだ。

昼、田んぼや山に行っていても、夜、訪ねていった。そのまま、俊の蒲団に入って、話しこみ、いっしょに寝ちまうこともあった。

学校出てからも、暇さえあれば、会った。

いつも、たわいのない話に夢中になり、笑いころげた。

そのうち、俊が嫁を迎えた。

祝言に呼ばれて、花嫁を見たときは、びっくらしたもんだ。

凄いシャンだった。オレら、見たこともないほどのシャンだった。

俊のヤツ、なんて、ついとるんだ、と、思った。

深雪は、見れば見るほど、シャンだったが、心根の優しい女だった。いつだって、何気なく、心遣いを見せた。

三人で、愉快な晩を、どれだけ過ごしたことか。

俊が、戦地から復員してきて、深雪がいなくなっとった時も、がっくりしとったが、十年ぐらい探しに探して、やっと会えたのに、こどものことで、別れるほかなくなっちまった。

俊がヤケをおこして、珍しく荒れて、どうしようもなかった。そん時は、オレ、柄でもねえのに、説教してやったこともあったぞ。

当の深雪に、別れ話持ちだされては、なあ。もう、落ちこんじゃって、泣いたり喚いたり、まったく、だらしがねえったら、なかった。

男が泣くな、って怒鳴りつけてやりたかったな。

そりゃあ、辛いよなあ、あのふたりがなあ、別れるなんて、とても考えられんかったから。

それにオレ、俊一やちっちゃな京ちゃんを育てとるトメさを見とって、ヤツに一発噛ましてやらにゃ、すまなんだ。真っ暗になるまで、黙々と働いて、子育てしとるトメさには、頭が下がったぞ。

結局、あいつら、俊と深雪は、また、焼きぼっくいに火がついて、あげく、とうとう、駆け落ちしちまやがった。

こどもさえ、おらんければ、メデタシ、メデタシだがな。

ところがどっこい、天は、そうはさせなんだ。どっちにも、こどもができとった。

こっからが、あいつらの辛いとこだ。そりゃあ、親の情は、親になったもんじゃないとわからんからな。

しかし、オレは、あのふたりの幸せを、心から、心の底から願っとるぞ。

俊よ、よくぞ、やった、深雪をとことん愛してやれ、幸せにしてやれ。

すげえシャンで、惚れ惚れする、いい女だもんなあ、深雪は。

俊一や冬ちゃん、京ちゃんのこたあ、オレも少しは何とか力になるからな。

俊一にゃあ、山仕事をがっぽり仕込んでやる。親父に負けん一人前の仕事師に、さ。

清夫は俊を、俊と深雪を、胸にいつも抱いて暮らした。

生涯、変わらんと思う。

靖夫は、ときどき、若い衆といっしょに蜂を追って、山やら川を駆けた。俊も、脇を走っとった。

春先、水の冷たい恩沢に、天女魚《あめのお》釣りに行った。俊も、岩の陰から竿を振ってきた。

靖夫は、隣村から嫁を迎えた。

名は、霧という。いい女房だ。

オレの暮らしは平凡で、穏やかだ。こどもも三人、授かった。

靖夫は、満足している。

山仕事は、俊に負けんぞ。

木の伐採から、木馬《きんま》や谷流しなど、道路までの運搬は、まかしといてくれ。

とくに、オレは、木馬が好きだ、得意だ。木馬の仕事のすべてが、オレをわくわくさせる。

谷筋に木馬道《きんまみち》をひく。

谷をよく見て、高さ、勾配、カーブを決め、材料を見積もる。これには、杉の間伐材を使う。運ぶ材木が
どんなに重くとも、壊れんように作らにゃならん。伐採したばかりの生木は、そりゃあ、重いのだ。鎹《かすがい》を、
ようけ打ちこんで、びくともせんように、固定する。

木馬は、オレの特注品で、頑丈だ。橇の底板は樫で、いつも、滑りやすいように、油を塗る。

材木は、杉桧の十年物、二十年物、ときには、五十年物まで運ぶこともある。

木馬に材木を積みこんで、転がり落ちんように、しっかり鎹を打ちこむ。

木馬道の横木に油を引き、急坂やカーブを、ワイヤを巻きつけた梶棒を手に、慎重に降りてくるときの
緊張感、スリルったらないぞ。

無事、下まで運びきる喜びが、靖夫には答えられなんだ。

一歩間違えれば、大怪我をしたり、命を落とす危険な仕事だ。

それだけに、遣り甲斐があった。

ただ、近年、外材のせいか、杉・桧が売れなくなり、木馬の仕事が少なくなってきた。

どうなるんだろう。

靖夫は、不安だった。

一度、大渕の旦那に相談に行こうと思った。

花祭りの日だった。

小雪が散らつき、久は、朝暗いうちから忙しかった。

今年は、息子の千太郎が、「地固めの舞」を舞うのだ。舞い手にとって、最高の晴れがましい舞いだ。

昼過ぎ、一人の見知らぬ若者が訪ねてきた。

熊谷龍介と、名乗った。

「龍ちゃん！」

久は、駆けよって、背の伸びた孫を抱きしめた。涙があふれた。

「こんなに大きくなって！　さ、顔、見せて。もう、中学生なの！　じいちゃんが生きとったら、どんなに喜んだかねえ」

涼しげな目許、ぷっくりした唇など、母親の深雪にそっくりではないか。

久は、ちょうど焼きかけていた五平餅をすすめ、囲炉裏端に座りこんで、健やかな若者の姿を眺めた。

とめどなく、涙が流れた。

母ちゃんに会わせてやりたいなあ。どんなにか、母ちゃんに会いたいだろうなあ、龍ちゃんは。

龍ちゃんを、深雪に見せてやりたい。

こんなに大きくなって、男の子らしくなったぞ、龍ちゃんは、ってな。深雪に会わせてやりたいよう。

久の想いは、千々に乱れた。

深雪は、しかし、いくら俊さんが好きでも、幼い龍ちゃんをおいて出ていくなんて、捨てていくなんて、どうしてできたんだろう。あの素直で、人一倍、人情に厚い娘が、我が子を捨てていくなんて、どうしてできたんだ、そんなひどいことが。どうしても、わしには、わからん。信じられん。

でも、深雪は、実際に、いま、目の前にいる、この龍ちゃんを捨てたんだ……。

う、う、うー。

両手で顔をおおい、身をよじって、久は声もなく、泣きだした。

しかし、一時して、ふいに、龍介をきつく抱きしめ、その目をしっかり見つめながら、言った。

「龍ちゃん、ごめんね。龍ちゃんの母ちゃんの……代わりに……ばあちゃんが、代わりに……謝るからね……ああ、何てこと……。龍ちゃん、許してやって、母ちゃんを。

龍ちゃんのこと、母ちゃんは、絶対忘れとらんよ。一分一秒だって。母ちゃんは、そういう、そういう母ちゃんだよ。

ああ、龍ちゃん、どっか、遠くへいっとっても、龍ちゃんのこと、ゼッタイ忘れとらんよ、母ちゃんは」

そう言って、久は、龍介の背を撫で続けた。

龍介は、唇を嚙んでいた。

いつか、きっと、母ちゃんに会えるからね、と、言いたかったが、久は口にすることができなかった。

夕方、里帰りしていた妹の桃子が、幼い娘を久に預けて、龍介を花祭につれて行った。

花宿から、笛の音や見物衆のざわめきとともに、

「テーホヘテホへ　テホホヘテホへ」

「テーホヘテホヘ　テホホヘテホヘ」

の声が聞こえてきた。

ウメノの葬式がすみ、春になった。

俊一は、中学を卒業したら、就職すると言った。町で働いて、母ちゃんに仕送りをするんだ、という。

学校の若い渡辺先生が、今、中学卒業生は、「金の卵」などともてはやされているが、やはりこれからの世の中は、高校を出たほうがいい、と勧めてくれたので、トメは、兄姉妹みな、何とか、高校へ出してやりたい、と思った。

地元の元農林学校だった高校に、農林科があった。

俊一は、高校受験が決まると、目を輝かせて、勉強を始めた。

自分は長男だし、農林科を卒業したら、家に入り、山仕事や百姓をして、「母ちゃんを楽にしてやりたい」と、言ってくれた。

冬子も、来年、中学を卒業する。

兄ちゃんと同じ高校の家庭科に行きたい、と言っている。

京子は、もう小学校五年生になり、姉ちゃんといっしょに、よくお手伝いをするようになった。

こどもらの成長は、何より楽しみだった。

まだまだこれからが大変だったが、歯を喰いしばって、こどもらを高校にやらなくては、と思った。

そして、もし、いつか、お金が少し貯ったら、いつになるか、自信はなかったが、古い手織り織機を手に入れて、俊一の絣や、冬子や京子の着物なんか、織ってやりたい、と思った。

花柄の着物をあれこれ考えていると、毎日の苦労を忘れた。

或る夜更け、そんなことを思い浮かべていると、下駄の音が近づいてきて、歌声が聞こえた。

「狭いながらも　楽しい我が家
ラーララーラン　ラーララーラーラン
ラーラララーラン　ララーララ」

下駄の音は、遠ざかって行った。

「……ラーラララー……」

月の明るい夜だった。

いつだったか、組のお春ばあが、手許の縞帳《しま》を見せてくれた。

自分の織った布の小裂《こぎれ》を貼り、次に織る時の参考にする見本帳だ。

お春ばあの縞帳には、表紙に黒々と墨で「縞帳」と書かれ、横に「維時明治廿年三月」とあった。

昔っから、あってな、これは。ばあちゃんのころからかな。ずっと、家の嫁さんは、これを見ては機を織り、織っては、その小裂をここに貼ってきたんじゃ。おっ母さんも、わしも、な。

中にはたくさんの縞の小裂が貼ってあり、その隙間から、「エンピール歩兵銃」だの、「ナポレオン山砲」、「攻撃隊形ハ兵ヲ常ニ軍中ニ置キ」とか、「中央砲車ヲ縦隊ニ」など、と、難しいことが書いてあるのが見えた。和紙に楷書で細かく書かれた墨の文字だ。

黒船がきた時、志士たちが、砲術の本を筆写して、勉強したものらしい。それにしても、海から遠い、こんな山の奥にまで、こんな砲術の写しがあるのは、どういうわけか、知らん。

お春ばあとこの言い伝えでは、黒船が、こんな山奥でも、そんくらい、怖ろしかったからだそうだ。

貼ってある縞の小裂は、格子縞、縦横の棒縞、滝縞、子持ち縞、三筋縞、絣など、色も茶系、藍系の濃淡いろいろあって、子や孫の普段着や仕事着、晴れ着を夜業に織る、代々の嫁さんたちの姿が浮かんだ。

わしも、こどもらの着物を手織り織機で織って、お春ばあのような縞帳を作って手許に置き、小裂を一枚一枚貼りつけよう、と、心が弾んだ。

なかなか、希望は、かなえられそうになかったが。

献辞

ダム建設により水没した知生の人びとと

想い出に捧げる

参考文献
宮本常一・宮田登編『早川孝太郎全集』第一巻「民俗芸能1」花祭　前篇（未來社、一九七一・九・三〇刊）
『北設楽郡史——民俗資料編』（北設楽郡史編纂委員会編集兼発行、昭和四十二年十月二十五日刊）
『北設楽郡史——近世』（北設楽郡史編纂委員会編集兼発行、昭和四十五年五月三十一日刊）
『古島敏雄著作集』第四巻「信州中馬の研究」（東京大学出版会、一九七四・一二・二〇刊）
赤坂治績『知らざあ言って聞かせやしょう——心に響く歌舞伎の名せりふ』（新潮新書、新潮社、二〇〇三・七・二〇刊）
大西鐵之祐『わがラグビー挑戦の半世紀』（ベースボール・マガジン社、一九八四・五・一〇刊）
八橋俳友会『狂俳資料』第一回〜第三七回（推定昭和二十三年正月〜昭和六十年四月春霞、二折り半紙、ガリ版刷り、コヨリ綴じ）。洋々大人金賞（天）銀賞（地）銅賞（人）感吟（赤紙）佳吟（緑紙）外章（白紙）等表彰紙一連。並びに、『狂俳資料』明治四十四年八月三十日、明治四十五年二月廿六日、大正元年初巻（「北設樂郡八橋尋常高等小學校」名入り赤色罫紙、二折り半紙、墨書、コヨリ綴じ）

（二〇一七年十二月十日〜二〇一九年七月二十七日）

本文中では、現代においては不適切とみられる語句や表現が用いられている場合がありますが、当時の時代状況を考慮して、そのままといたしました。

著者略歴
間瀬光彦（ませ・みつひこ）
一九三五年、愛知県に生まれる
早稲田大学仏文科卒
オリンパス光学、中央公論社を経て、現在、フリー
著書『兵士は蟬の声を聞いた』（審美社刊）

春の嵐

二〇二〇年三月五日 第一刷印刷
二〇二〇年三月一〇日 第一刷発行

著者 間瀬光彦
装幀 小川惟久
発行者 和田肇
発行所 株式会社 作品社
〒一〇二-〇〇七二
東京都千代田区飯田橋二ノ七ノ四
電話 （〇三）三二六二-九七五三
FAX （〇三）三二六二-九七五七
振替 〇〇一六〇-三-二七一八三
http://www.sakuhinsha.com
本文組版 米山雄基
印刷・製本 シナノ印刷㈱

Printed in Japan ISBN978-4-86182-795-2 C0093
JASRAC 出 2001278-001